RONJA VON RÖNNE
WIR KOMMEN

aufbau

RONJA VON RÖNNE
WIR KOMMEN

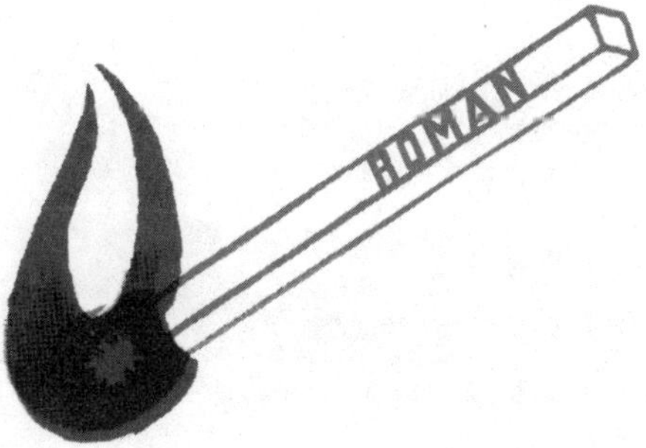

aufbau

Für Bita

One Of Us Cannot Be Wrong

– Leonard Cohen

MAJA IST NICHT TOT. Wenn Maja gestorben wäre, hätte sie mir davor Bescheid gesagt. Solche Dinge haben wir immer abgesprochen.

Ihr Name sieht lächerlich aus, so schwarz umrandet, wie er da auf dem Brief vor mir steht und ganz ernst tut, als sei am 20. wirklich ihre Beerdigung, als würden an diesem Sonntag wirklich sämtliche Angehörige auf dem Dorffriedhof aufkreuzen, Kränze ablegen, Erde in eine Grube werfen und etwas Nettes über Maja sagen. Bullshit. Den meisten würde doch zu Maja überhaupt nichts Positives einfallen, außer vielleicht ihre phantastischen Brüste. Angenehm überrascht wären sie höchstens davon, dass sie jetzt in einer Kiste unter der Erde liegt und sich endlich so benimmt, wie es sich für die Bewohner unserer Gemeinde gehört. Sterben gehört bei uns nämlich genauso zu einem höflichen Miteinander wie akkurat gestutzte Rasen, denn wo kämen wir denn da hin, wenn jeder lebte, solange es ihm beliebt, und das Gras bis auf das Nachbargrundstück wuchert.

Die Pflicht, am Ende zu sterben, nehmen die meisten Dorfbewohner so ernst, dass sie innerlich schon verrecken, während sie noch am Leben sind, nur um ganz sicherzugehen, und um Sicherheit geht es schließlich in meinem Heimatdorf, um Sicherheit und

Feuerwehrfeste und Diskussionen über Marderschäden. Solche Dinge gibt es bei uns im Dorf.

Was es noch nie im Dorf gab, ist eine Beerdigung, bei der alle völlig erleichtert wirkten, denn auch das gehört sich nicht. Eine Beerdigung für Maja wäre also absolut unmöglich, und das ist nur einer von vielen Gründen, warum Maja natürlich nicht so tot ist, wie es auf diesem Wisch geschrieben steht. Vielleicht ist lediglich wieder ihr altes Ich gestorben, das ist schon drei- oder viermal passiert, einmal, als sie Buddhistin wurde, und dann noch einmal, als sie wieder Atheistin oder Kommunistin oder Feministin wurde. Viel hat das nie ausgemacht, die neuen Majas waren der alten immer ziemlich ähnlich, das Lachen blieb dröhnend und alles an ihr unbedingt.

Als Absenderin steht Majas Mutter auf dem Umschlag, aber die hat früher schon kaum mitbekommen, dass Maja lebt, weshalb es mich wundern würde, wenn sie etwas von Majas Tod bemerkt hätte.

Ich schreibe das auf Anraten meines Therapeuten auf. Er ist jetzt zwei Wochen weg, im Urlaub, denn mein Therapeut hat das perfekte Leben. Ich habe nicht das perfekte Leben, deshalb habe ich den Therapeuten. Fotos einer glücklichen Familie zieren die Wände seiner Praxis. Familie am Strand. Familie beim Grillen. Familie im Zoo. Familie beim Lächeln. Vielleicht ist mein Therapeut aber auch viel gestörter als seine Patienten und schneidet seine Familienfotos aus Otto-Katalogen aus. Man hört ja so Sachen, und am Ende waren es immer die Netten.

Bei dem Therapeuten bin ich aus dem gleichen Grund, weshalb alle beim Therapeuten sind: Erst war alles in Ordnung, dann waren zwei, drei Dinge nicht mehr in Ordnung, und plötzlich wurde ich nachts von einer Panik geweckt, die nichts mit der Angst zu tun hat, die man von Klausuren kennt, einer Panik, die mir jedes Mal das Gefühl gibt, gleich zu ersticken, nur dass das Ersticken nie eintritt, die Angst davor aber stundenlang anhält, bis man schließlich mit einer Plastiktüte nachhelfen will.

Heute war meine zweite Sitzung, ich kann also noch nicht viel über den Erfolg der Therapie sagen, aber zwei Stunden reichen offensichtlich nicht, um alles wieder in Ordnung zu bringen.

Den Therapeuten hat mir Leonie empfohlen, seine Praxis liegt ein Stockwerk über ihrem Ernährungszentrum. Als ich den anderen vergangene Woche von der ersten Sitzung erzählte, sagte Jonas, ich sei seltsam in letzter Zeit, und Karl schob hinterher, ich solle mir auch ein paar Wochen Urlaub nehmen. Bei Leonie reagieren sie immer genervt, wenn sie von ihrer Therapie spricht.

Kurz vor Ende der Sitzung, während mein Therapeut seine Tasche zusammenpackte, fragte er hastig, ob ich Suizidgedanken hätte: »Hamsesuizidgedankn?« Ich habe verneint, schließlich könnte ich mir die Therapie sonst ja gleich sparen. Er nickte und sagte dann, ich solle mich beim Schreiben auf Details konzentrieren, er würde das nach seiner Rückkehr zusammen mit mir durchsehen, vielleicht käme man so auf die Ursache meiner Panikattacken. Es verunsichert mich, dass mein Therapeut ein paar leere Blätter als angemessenen Ersatz für seine Leistungen erachtet. Er hat auch wenig überzeugend geschaut, als er aufstand, in das Regal hinter seinem Stuhl griff, mir ein blaugelbes Notizbuch reichte, vorne drauf ein Streichholz, und mit einem Lächeln sagte: »See, it's a match!« Ich finde englische Wortwitze schwierig. Ich finde Therapeuten, die Wortwitze auf Englisch machen, noch schwieriger. Ich habe genickt. Das kann ich gut.

Aufschreiben also. Offensichtlich lernt man das im jahrelangen Psychologiestudium: mit müdem Blick vorzuschlagen, die Tage einfach aufzuschreiben. Dann sind sie zwar nicht besser, aber zumindest dokumentiert. Ich glaube, mein Therapeut hat nicht bedacht, dass es relativ wenig zu erzählen gibt. Denn eigentlich gehören nur Tage aufgeschrieben, an denen man vor lauter Erlebnissen keine Zeit hat, sie aufzuschreiben. Trotzdem schreibe ich jetzt eben, denn mein Therapeut hat oft recht. Er hat recht, wenn er sagt »Bis nächste Woche«, er hat recht, wenn er mir rät, »in Ruhe darüber nachzudenken«, er hat recht, wenn er sagt: »Ich bräuchte Ihr Krankenkassenkärtchen.«

Auf dem Nachhauseweg rief ich meine Agentin an und sagte, dass ich mir drei Wochen Urlaub nehmen wolle, und meine Agentin schrie mich an, dass das unmöglich sei, und ich schrie zurück, sie solle mich nicht immer so anschreien, und sie schrie, drei Wochen, aber keinen Tag länger, dann verschiebe sie jetzt eben die Supershopper. Das sagte sie wirklich, und erst jetzt, beim Aufschreiben, wundere ich mich darüber, dass ich solche Sätze verstehe.

Seitdem ist mein Telefon ruhig geblieben. Ich sitze in meiner Wohnung. Wenn ich rausgucke, ist da Stadt. Gerade ist eine Uhrzeit. Der Himmel ist schmutzig von Vogelschwärmen.

In meinem Zimmer stehen eine alte Holzkiste, ein Bett, ein Schreibtisch, eine Kleiderstange. Das ganze Setting ist so unspektakulär, dass es höchstens für einen vernuschelten Independentfilm herhalten könnte. Es gäbe sehr viele, sehr lange Einstellungen in diesem Film, und die Kritiker würden sich bei der Premiere vor lauter Langeweile ständig »sehr authentisch«, »wirklich sehr authentisch« zuraunen und mit Popcorntüten knistern.

Bisher finde ich meinen Urlaub nicht so schön. Ich möchte die nächsten Tage ungern damit verbringen, Dinge zu hinterfragen, und das passiert ganz leicht, wenn man plötzlich Zeit hat. Mein Zimmer ist sehr ordentlich. Ich habe probeweise meinen Stiftebecher zu Boden gestoßen, um zu sehen, ob ich Lust auf Aufräumen habe. Habe ich nicht.

Ich weiß noch nicht, was ich heute Abend mache. Vielleicht markiere ich etwas mit »gefällt mir«.

ES IST FRÜH AM MORGEN. Die Panikattacken kommen seit zwei Wochen, meistens nachts, begleitet von Atemnot und Herzrasen, dann liege ich stundenlang wach, bis die Panik sich wieder verabschiedet, wohin, weiß keiner. Ich verpasse nicht viel, die Geschäfte haben geschlossen und Jonas und Karl ihr Handy im Flugmodus.

Vor einer halben Stunde bin ich aufgewacht, saß aufrecht im Bett und dachte, ich muss sterben, und wollte nicht sterben und wollte sterben und las im Internet, das sei völlig normal, ich solle die Panik »einfach zulassen«.

Die Panikattacke war erschöpfend, aber an Schlaf ist trotzdem nicht mehr zu denken. Ich habe also all die Dinge erledigt, zu denen ich sonst nicht komme, wenn das Leben in Ordnung scheint. Ich habe in mein Zimmer gestarrt und über Mahngebühren nachgedacht. Ich habe mir den Tod vorgestellt und imaginäre Gespräche mit Menschen geführt, die mir verhasst sind. Ich habe mir die Zukunft ausgemalt, ziemlich schwarz, das macht zumindest schlank. Ich habe mir vorgestellt, wie Jonas und Karl mich verlassen. Wie ich alleine bin. Spätestens morgen früh werde ich wissen, welche Fehlentscheidungen in meinem Leben mich zu dem gemacht haben, was ich heute nicht bin, immer noch nicht bin und, wenn ich meiner Panik glauben darf, auch nie sein werde.

Es ist sehr still. Durch die Vorhänge fällt trübes Licht von Straßenlaternen. Schatten von Autos fahren die Wand entlang. Ich frage mich, wo Jonas gerade ist, ob er heute bei Karl und Leonie schläft, die drei haben sich den ganzen Tag nicht gemeldet.

Seit zwei Wochen geht das so. Seit zwei Wochen kippt alles, was gut war, ins nicht so Gute. Die anderen sagen, ich verhalte mich merkwürdig, und ich antworte dann, dass es mir leidtue, dass ich nicht wisse, woran das liegt, und dass ich glücklich sein müsste. Wir sind zu viert, damit wir uns nur zur anderen Seite rollen müssen, um nicht mehr allein zu sein, und damit es egal ist, auf welche Seite wir uns rollen, weil überall jemand liegt. Wenn einer sauer ist, sind es immerhin zwei nicht, wenn einer schlafen will, möchten bestimmt zwei noch weiterziehen, und wenn man keine Lust zum Kochen hat, haben es die anderen drei ganz sicher auch nicht, dann bestellt man eben Pizza. Eine klassische Beziehung, nur eben verteilt auf vier Säulen, damit nicht alles sofort zusammenkracht, wenn einer schwächelt.

Ich vermisse Jonas. Ich vermisse Karl. Ich bin eifersüchtig auf Leonie. Ich bin eifersüchtig auf jeden Gegenstand mit einem weiblichen Artikel. Die Marmelade. Die Tür. Alles Schlampen. Meine Mutter sagt, was man liebt, muss man ziehen lassen. Also habe ich den Kontakt zu ihr abgebrochen.

Ein Jahr ist es jetzt her, dass ich bei Leonie und Karl zum Essen eingeladen war, in die Wohnung, in der ich zuvor mit ihm gelebt hatte. Es gab Thaicurry, Karl und Leonie waren sehr verliebt, man hörte aus dem Babyphone das leise Schnarchen von Leonies Tochter, und Karl versuchte, mir zu zeigen, dass ich bei alldem auch irgendeine Rolle spielte, auch wenn keiner so richtig wusste, was das für eine sein sollte. Wir schwiegen uns an, bis Karl vorschlug, ich könnte ja zum Beispiel das dritte Rad am Wagen sein. Leonie warf ein, das sei eine blöde Idee, weil Dreiräder etwas für Kinder und Senioren seien, sie würde jetzt spontan einen alten Freund einladen, dann könnten wir zu viert einen schönen Abend haben.

Karl und Leonie hatten sich gerade den Tick angewöhnt, einander zu ergänzen. Karl sagte zum Beispiel: »Wer hat denn Lust auf Thai...?«, und Leonie ergänzte: »...curry!« Und dann lächelten sie sich an, als teilten sie ein Geheimnis, eine eigene Sprache, in der sie beide erkannten, dass auf dem Tisch verdammtes Thaicurry stand. Ich sah wütend auf den Topf und aß von dem Curry, bis absolut nichts mehr übrig war, mit dem die beiden blöde Wortspielchen machen konnten. Beim Essen sprach ich wenig, Leonie erzählte mir, ich müsse wieder Liebe zulassen, sie nehme mir ja nichts weg, und man könne Liebe unmöglich als Besitz betrachten. Die Liebe sei nämlich wie ein Vogel, der stirbt, wenn man ihn einsperrt. Dabei strich sie über Karls Hand. Ich starrte auf den Esstisch, der mal mein Esstisch gewesen war, auf die Teller, von denen ich schon hundertmal gegessen hatte, auf den Freund, der mal mein Freund gewesen war, und fragte mich, ob Leonie in ihrer Wohnung davor wohl inspirierende Wandtattoos hatte. Karl bemerkte meinen Blick und lächelte mir aufmunternd zu.

Als wir beim Nachtisch waren (»Rotwein...?«, »...creme!«), klingelte es. Karl nickte mir zu, ich solle ruhig aufmachen, irgendwie sei das ja auch immer noch meine Wohnung. Ich schob Leonies Mäntel an der Tür beiseite, um an die Klinke zu kommen.

Vor der Tür stand ein Mann. Der Mann hatte regennasses, braunes Haar, einen verhuschten Blick und war ein Stück größer als Karl. Ich rief in die Küche, dass ich mich verliebt hätte, sie bräuchten sich keine Sorgen mehr zu machen. Karl rief zurück, dass ihn das freue, Leonie rief, toll, sie liebe Pärchenabende, und der Mann an der Tür protestierte nicht, sondern sagte, dass er Jonas heiße. Dagegen hatte ich nichts einzuwenden, also nahm ich ihm den Mantel ab, und Jonas trat in meine ehemalige Wohnung und mein aktuelles Leben, erst unschlüssig, später immer noch unschlüssig.

Am Anfang war Jonas nicht so überzeugt von unserer Viereridee. Einige Tage lang reichte ich ihm völlig aus. Doch bei einem Abendessen wenige Wochen später änderte er seine Meinung plötzlich. Als ich die Teller in die Küche trug, sah ich Leonie auf der Küchenzeile sitzen und Jonas, wie er vor ihr stand und ihr kurz über die Wange fuhr. Ich verließ die Küche schnell, eine Gabel fiel zu Boden, ich hob sie nicht auf, und später trafen wir zu viert die Abmachung, dass es innerhalb unserer Gruppe keine Grenzen geben sollte, dass also jede emotionale und sexuelle Konstellation zwischen uns erlaubt wäre.

Am Anfang kann man jede Abmachung treffen, da glaubt man ja auch, man sei ganz locker zusammen, zumindest bis einer von beiden etwas zu locker zusammen ist und der andere von Verlustangst nur so durchgeschüttelt wird. Oder es kommt eine Resignation, die schlapp fragt, ob es das denn nun sei, ob sich die Verliebtheit endlich umziehen könne, um sich Liebe zu nennen, diese echte, langweilige Liebe. Da stehe ich gerade mit Jonas, und vielleicht stehe ich alleine da, vielleicht bin ich die Einzige, die Blicke austauschen möchte, die nicht mehr Verliebt-, sondern Verbundenheit heißen, Verbundenheit, die es egal macht, ob alle anderen einen für bescheuert halten, weil man sich sogar zusammengesetzte Substantive teilt.

Thai?

Curry!

Ich will die Art von Liebe, die hält und japst, wenn man ihr einen neuen Brocken hinwirft, eine Schwangerschaft vielleicht oder eine gemeinsame Wohnung, damit der Strudel ins Unvermeidliche immer weitergeht. Denn sonst bleibt man nur stehen, schaut sich verwirrt um, wird müde, und irgendwann zuckt einer schneller als der andere mit den Schultern, und das war es eben dann, mal wieder, eine von den durchschnittlich vier Beziehungen, die der Deutsche in seinem Leben führt.

In Jonas' und meine Beziehung ist etwas Seltsames gekrochen, etwas, das mich ermüdet, weil ich es kenne, und das mich frustriert, weil ich es nicht so früh erwartet habe. Ein Jahr ist vergangen, seit wir uns getroffen haben. Die ersten Monate, auch das ermüdet mich, weil es ein bekanntes Muster ist, bin ich eifrig wie ein Erstklässler, stecke meine ganze Energie ins Verzaubern und Phantastischsein, achte auf alles, was der andere sagt, gebe bei Google »der perfekte Blowjob« ein und lese alle Bücher, die er auf seinem Nachttisch liegen hat. Die darauffolgenden Monate versuche ich, diese Illusion aufrechtzuerhalten, weil sonst nur Realität übrigbleibt, und die kann man nun wirklich auch alleine haben. Jonas geht es ähnlich, wir haben darüber geredet, wir haben immer viel über solche Dinge geredet, weil wir sonst wahrscheinlich gar nichts mehr hätten, worüber wir reden können, und am Ende kommen wir stets zum gleichen Schluss: Es ist gut, dass wir es anders machen. Dass wir zu viert sind, dass wir dem anderen nie ganz gehören werden und dass wir einander dennoch verpflichtet sind.

Es ist immer noch finster, es ist immer noch nicht Morgen, und neben mir steht ein leeres Wasserglas. Man muss es in einem Zug leeren, das hilft gegen die

Panik. Das steht im Internet, und es stimmt ja auch, egal, ob die Mutter gerade gestorben ist oder man durchs Staatsexamen fällt, jemand drückt einem ein Glas Wasser in die Hand. Hier hast du ein Glas von etwas, das nach nichts schmeckt. Gleich geht es dir besser. Oft stimmt es ja. Gesten helfen.

Das Schlimmste auf der Welt ist mein kaputter Computer. Das Einzige, was vielleicht noch schlimmer ist, ist, dass ein Computer das Schlimmste auf der Welt sein kann. Ich kann nichts daran ändern, dass mein kaputter Computer das Schlimmste auf der Welt ist. Es ist wichtig, dass mein kaputter Computer das Schlimmste auf der Welt ist, denn sonst wäre es etwas anderes, etwas, das man nicht zur Reparatur in einen dieser türkischen Läden mit aggressiver Handywerbung bringen kann.

AUF DEM WEG ZUR APOTHEKE musste ich eine Straße überqueren. An der Ampel stritt sich eine Frau mit einem Mann.

Die Frau sagte: »Ich will da nicht hin.«

Der Mann sagte: »Du kommst mit.«

Ich wäre auch gerne mitgekommen, aber mich fragte der Mann nicht, und so wurde nichts aus der Entführung.

Später klingelte mein Telefon. Karl wollte sich mit mir treffen, weil er unglücklich war. Ich wollte mich nicht mit ihm treffen, weil ich unglücklich war. Dazwischen war ich in einem Café. Ich bestellte einen Kaffee, weil es sich so gehört, in Cafés Kaffee zu bestellen, und der Kellner nickte freundlich. Es ist jetzt Sommer, und das bleibt bis zum Herbst so, sagen sie.

Ich habe Maja geschrieben und gefragt, was der Brief soll, bisher hat sie nicht geantwortet.

JONAS SAGT, ICH SOLLE MAL RAUSGEHEN. Ich möchte nicht rausgehen. Ich möchte mit Jonas herumliegen. Ich möchte, dass wir viel zu verliebt sind, um an so etwas wie »Rausgehen« auch nur zu denken. »Rausgehen« ist für Leute, die nicht mit Jonas zusammen sind. Draußen ist so viel. Drinnen auch, aber übersichtlicher, und wenn das auch zu viel wird, kann man das WLAN ja ausstellen.

So viele Tage liegen vor mir, bis ich wieder arbeiten muss, und warten faulig darauf, mit Erlebnissen gefüllt zu werden. Drei Wochen Urlaub sind zu lange, aber ich traue mich nicht, meine Agentin wieder anzurufen. Also verlebe ich Tage, die ja doch nur Entschuldigungen sind für Abende, an denen man sich kurz sehr betrunken sicher ist, dass morgen alles besser wird. Ich will lieber nicht. Es liegen alte Schokobonpapiere auf meinem Bett.

Später bin ich in den Park gegangen. Ich füttere jeden Tag die Spatzen, aber ich glaube, sie mögen mich trotzdem nicht. Irgendwann werden sie ein Schild basteln: »Wir sind Spatzen und als solche verdammt, dein Brot zu essen. Das heißt aber nicht, dass wir Sympathien für dich hegen. Es ist eine reine Instinkthandlung, keine Zuneigungsbekundung, mach dir da nichts vor.« Die Schrift würde gegen Ende immer kleiner werden, damit alles aufs Schild passt. Dazu werden sie heftig mit den Köpfchen nicken.

Ich brauche Hilfe.

MIT JONAS BEI LEONIE UND KARL GEFRÜHSTÜCKT. Ich weiß nicht, warum sie das immer Frühstück nennen, es gab noch nie Frühstück, wenn wir bei Leonie und Karl waren, sondern nur Sekt, den Karl Champagner nennt, als ob das irgendetwas besser machen würde. Die Brötchen, die ich jedes Mal mitbringe, liegen immer noch von letzter Woche herum, und wir verarbeiten sie nie zu Semmelknödeln.

Häufig sind es einfach Katertage, die den beiden das Glück aus den Synapsen saugen. Am Morgen ertragen sich Leonie und Karl nicht mehr, und dann ruft Leonie Jonas an und heult, und Jonas sagt: »Klar kommen wir rum, klar, wir bringen Brötchen mit, Leonie, wein doch nicht, braucht ihr noch etwas für Emma-Lou?« Jonas fragt immer nach Leonies Tochter. Ich liege meist daneben, überlege, ob es wohl zu kalt für ein Kleid ist, und bin genervt von Leonie.

Heute schleppte sich dahin und wollte einfach nicht morgen werden. Wir lagen zu viert auf der Couchlandschaft und sahen auf den Fernseher und stritten über Zeug, das uns beschäftigt, weil uns sonst wenig beschäftigt. Es ging vage um Politik, Popkultur, Geschlechterrollen und Literatur.

Karl öffnete eine Flasche Sekt, schenkte uns ein und

lehnte sich zurück. »Ich glaube, wir sind dem Poststrukturalismus entkommen. Seit gestern«, sagte er, und Jonas sagte, dass das Quatsch sei, und dann diskutierten wir, bis Leonie anfing zu weinen, weil sie nicht wusste, was Poststrukturalismus ist, und überhaupt sei Karl nur mit ihr zusammen, weil sie schwarz sei, und eigentlich sei das auch Rassismus, nur halt positiver, aber positiv heiße noch lange nicht gut, man sei ja auch nicht erleichtert, wenn der HIV-Test positiv ausfällt. Keiner lachte, weil der Witz alt und geschmacklos ist, und wir sind jung und geschmackvoll. Zwischendurch kam Leonies Tochter ins Zimmer und spielte eine Runde Stein, Schere, Papier mit Jonas. Emma-Lou redet nie, ich kann mich zumindest nicht daran erinnern, sie jemals etwas sagen gehört zu haben.

Leonie sagt, das sei eine späte Trotzphase, weil Emma-Lou nicht wie die anderen Kinder Süßkram in den Kindergarten mitbekommt. »Die Anlage für Fettleibigkeit wird schon in den ersten Lebensjahren gelegt«, sagte sie, und Leonie muss das wissen, sie verdient mit hübsch maskierter Essstörung schließlich ihr Geld. Sie selbst isst meistens nichts oder Ungesundes, am liebsten Cheeseburger ohne Gemüse, selbst das Gürkchen pult sie ab, und dreimal die Woche steht sie vor dicken Frauen, lächelt hinreißend und spricht von ausgewogener Ernährung. Von Kohlenhydraten, die man weglassen, und Proteinen, die man zu sich nehmen soll. In der Pause stopft sie Marsriegel in sich hinein. Karl findet das irre komisch, denn Karl liebt

Metawitze. Ich weiß nicht, warum ich mit Leuten befreundet bin, die von sich behaupten, Metawitze zu mögen.

Karl fragte, wie die Therapie laufe. Ich sagte okay, und dass ich mir tatsächlich ein paar Wochen Urlaub genommen hatte. Leonie stieß Rauch aus und sagte, ihr Urlaub gehe auch nächste Woche los. Karl nickte und erzählte dann weiter von dem Ratgeber, an dem er aktuell arbeitet.

»Die Stadt ist trostlos. Generell, urbanes Leben ist over.« Karl redete, aber niemand schien ihm noch zuzuhören, Leonie lackierte sich die Nägel in einem leichten Apricotton, Jonas spielte mit Emma-Lou. Als Leonies Nägel trocken waren und die zweite Flasche Sekt leer war, ging sie ins Schlafzimmer. Jonas begleitete sie. Karl wollte folgen, aber Leonie schüttelte nur lächelnd den Kopf. Karl setzte sich wieder, ein bisschen zu abrupt, und sagte, dass Glück auch Loslassen bedeute. Ich nickte und fragte, ob wir nicht wieder ans Meer fahren könnten.

Ich wollte an die Küste, zu Karls Strandhaus mit Pool im Vorgarten und Küche mit Induktionsherd. In das Haus fuhren wir früher immer, wenn etwas schlimm war. Als mein Hund Rattengift fraß, fuhren wir zum ersten Mal dorthin, als die Rezensionen zu Karls Sachbuch erschienen, fuhren wir zum zweiten Mal, später, als vieles schlimm wurde zwischen Karl und mir, fuhren wir bei jedem kleinen Streit dorthin, die Koffer waren immer gepackt, wir besaßen plötzlich

Reisezahnbürsten und Reisewecker, und zu meinem Geburtstag schenkte mir Karl eine Reiseapotheke. Der Tank von Karls Ford war zu jener Zeit sicherheitshalber immer voll, denn wir stritten häufig. Karl sagte zum Beispiel, er finde meinen Job albern, wir fuhren ans Meer. Ich sagte, enge Jeans stünden ihm nicht, wir fuhren ans Meer. Er sagte, ich solle gefälligst auch mal abwaschen, wir fuhren ans Meer. Ich sagte etwas, wir fuhren ans Meer. Karl sagte nichts, wir fuhren ans Meer. In dem Jahr bekam er von seinen Eltern, denen das Haus gehörte, zu Weihnachten ein Päckchen, darin die Haustürschlüssel und eine Besitzurkunde. Wir freuten und umarmten uns und fuhren eine Weile nicht mehr ans Meer.

Der Vorschlag, ans Meer zu fahren, war deshalb symbolisch beladen. Von der Couch aus hörten wir Jonas und Leonie im Schlafzimmer. Ich schloss die Wohnzimmertür, um die Geräusche zu dämpfen, Karl sagte, Meer sei sicher eine gute Idee, eine sehr gute Idee sogar, da seien wir ja ewig nicht gewesen, wir sollten gleich nächste Woche los, zum ersten Mal zu fünft, er könne ja auch einfach dort schreiben, das sei ja das Tolle am Schreiben, sagte er, und ich wusste, dass wir sehr dringend losmussten.

Eine Woche noch, dachte ich, und als Jonas und Leonie wieder aus dem Schlafzimmer kamen, stimmten sie begeistert zu. Leonie sagte, sie wisse gar nicht, dass Karl ein Haus am Strand besitze, das sei ja phantastisch, und ich dachte, weil alles bei euch so phantastisch ist, wusstest du bisher auch nichts vom Strandhaus. Wir verabredeten, nächste Woche und auf unbestimmte Zeit ans Meer zu fahren, weil das dramatischer und mehr nach Flucht klingt als »für eine Woche«. Jonas sagte, die frische Meeresluft würde sicher auch Emma-Lou guttun. Kurz darauf gähnte er zweimal, wir verabschiedeten uns von Karl und Leonie und legten die Strecke nach Hause zu Fuß zurück.

Auf dem Heimweg stritten wir über unser Treueverständnis, Unvereinbarkeit von Sex und Liebe und hohe Sektpreise. Manchmal diskutieren wir nächtelang, bis wir erschöpft einschlafen. Das ist dann oft schön. Schlimm ist lediglich, wenn wir für Drama zu träge sind. Ich kenne Jonas nur missmutig. Er war missmutig, als wir uns kennengelernt haben, er war missmutig, als ich mich in ihn verliebte, und noch missmutiger, als er sich in mich verliebte. Das sei alles albern, sagte er, das wird alles schlimm, überhaupt sei alles schlimm und das Schönste immer, wenn Dinge wieder aufhören und man endlich wieder in Ruhe arbeiten kann. Jonas ist Grafikdesigner.

Später blätterte er auf meinem Bett in einem Erziehungsratgeber. Ich sah ihm einige Zeit dabei zu, dann sortierte ich meine Bücher nach Farben. Ihm macht es Sorgen, dass Emma-Lou so wenig spricht. Mir macht es Sorgen, dass er in meinem Bett ein fremdes Kind interessanter findet als mich.

Maja hat immer noch nicht auf meine E-Mail geantwortet.

MAJA UND ICH hingen oft am Parkplatz vor dem Kaufland rum. Wir klauten den Dorfpunks ihr Dosenbier, kletterten auf Autodächer und weigerten uns, wieder herunterzukommen, wenn Mütter ihre missmutigen Einkaufswagen, die immer einen Rechtsdrall hatten, auf uns zuschoben. In den Wagen lagen riesige Berge von Lebensmitteln, ganz oben immer Eier und Toastbrot. Die Mütter kamen aus den umliegenden Dörfern, ihren Rest Abenteuerlust lebten sie in stundenlangen Wochenendtrips zum Kaufland aus, um Wassermelonen zu besorgen für die falschen Entscheidungen, die zu Hause auf sie warteten und lieber Fischstäbchen wollten. Sie waren wahrscheinlich alle sehr nett und sehr müde. Maja war das wahrscheinlich einfach egal. Nach dem Einkauf saßen die Mütter im Kaufland-Bistro, aßen Königsberger Klopse und Kohlrouladen, blätterten in Heften mit Adeligen vorne drauf und blieben stumm. Es waren ihre zwei Stunden ohne Kinder, das kurze Luftschnappen, die Konsumerholung, und es war Majas und meine selbstgewählte Aufgabe, ihnen diese zwei Stunden auch noch zur Hölle zu machen.

Meine Mutter mochte es nicht, wenn ich mit Maja herumhing. Aber weil sie es anders machen wollte als ihre Eltern, verbot sie mir den Umgang nicht. Ab und zu versuchte sie, uns dazu zu überreden, zu Hause bei mir zu spielen, um uns im Blick zu haben, aber Maja weigerte sich, denn Maja kannte bessere Orte. Den Kaufland-Parkplatz. Die Autos auf dem Kaufland-Parkplatz.

»Geht von meinem Auto runter! Sofort!«, riefen die Mütter, wenn sie mit ihren schweren Wagen angerollt kamen, und Maja lachte. Beim ersten Mal musste ich fast kotzen vor Angst, aber Maja hielt meine Hand und sagte mit fester Stimme:

»Nö, dazu haben wir leider keine Lust.«

»Kommt da sofort runter, oder ich rufe eure Eltern an.« Am Anfang waren die Mütter noch wütend. Sauer kannten sie von ihren eigenen Kindern. Aber Maja war nicht wie die eigenen Kinder oder wie irgendjemand anderes, und die Wut machte ihr keine Angst.

»Das ist meiner Alten so scheißegal, ob du sie anrufst«, rief Maja, und ich sagte nichts, weil es meiner Mutter ganz sicher nicht scheißegal sein würde, sie würde zwar nicht wütend werden, aber mich vorwurfsvoll oder, noch schlimmer, enttäuscht anschweigen. Maja grinste mich an und setzte sich in den Schneidersitz. Ich starrte auf den Autolack.

»Ich rufe jetzt die Polizei«, sagten die Frauen dann und wedelten hilflos mit dem Werbeflyer für die nächste Woche. Immer war ganz vorne Putengeschnetzeltes. Jede Woche Putengeschnetzeltes 33% günstiger. Wahrscheinlich bricht das ganze System zusammen, wenn Putengeschnetzeltes nicht im Angebot ist.

Wahrscheinlich kam dann die Revolution, nach der sich die Kaufland-Mütter sehnten. Maja lachte sich kaputt. Sie kippte die schalen Bierreste über die Windschutzscheibe, und manchmal, wenn die Mütter nicht sehr furchteinflößend waren, traute ich mich das auch.

Einmal kam die Polizei tatsächlich, zwei Beamtinnen mit wippenden Pferdeschwänzen. Ich wollte dringend vom Auto rutschen, aber Maja zog mich an sich ran und zischte, ich solle sie in den Arm nehmen. Dann fing sie an zu schluchzen. Erschrocken barg ich ihren Kopf an meiner Schulter, ich hatte Maja noch nie weinen sehen. Als die Polizistinnen zum Auto kamen, wimmerte Maja: »Die Frau da, die Frau hat uns bedroht, wir haben uns nicht hier runtergetraut. Sie hat gesagt, sie will uns streicheln, und wir sollen mit ihr mitfahren und ob wir Kaubonbons wollen.«

Ich sagte nichts, blickte auf den schillernden Autolack unter uns, hielt Maja fest und glühte vor Bewunderung.

»Dabei mag ich keine Kaubonbons, die sind doch ungesund«, sagte Maja leise, bevor sie vom Autodach in die Arme der Beamtin rutschte, die ihr über das Haar fuhr und versuchte, sie zu beruhigen, während ihre Kollegin sich etwas abseits mit skeptischer Miene mit der Mutter unterhielt und sich Notizen machte.

Das Autobesetzen machte Maja Spaß, bis sie beschloss, dass sie zu alt sei, um Spaß am Autobesetzen zu haben. Maja sagte: »Wir brauchen jetzt etwas anderes«, und ich sagte: »Stimmt.«

Meine Mutter sagte einmal zu mir, ich solle mich von Maja nicht herumkommandieren lassen, was erstaunlich war, weil in meiner Familie quasi nie geredet wurde. Als ich Maja davon erzählte, kniff sie bloß die Augen zusammen und sagte, das sei schon okay, wir seien schließlich voneinander abhängig, auch Bienenköniginnen könnten nicht ohne die Arbeiterinnen überleben. Ich sagte: »Stimmt.« Meine Mutter sagte: »Wieso triffst du dich eigentlich nicht mehr mit Theresa und Angelika.« Dann sagte sie nichts mehr, ihr Schweigen war vorwurfsvoll und das Thema erledigt.

Auf dem Kaufland-Parkplatz lernten wir Herbert kennen. Herbert kam regelmäßig, um eine Tüte Pombären und Wodka in einer hässlichen Flasche zu kaufen. Er brachte uns immer zwei Bier mit, und immer verdrehte Maja die Augen und knickste vor ihm.

»Du bist der einzige gute Mensch, Herbert!«

Herbert sah dann auf den Boden, wurde rot und stotterte, dass wir eigentlich viel zu jung für Alkohol seien. Einmal flüsterte Maja zurück: »So jung sind wir gar nicht.« Dann beugte sie sich zu ihm und sagte, wir seien immerhin alt genug für Stringtangas, und zog einen schmalen Streifen ihrer Unterwäsche ein Stück über den Hosenbund. Ein glitzernder, pinker Strang Stoff, grelle Verheißung, ein Paar sehr verzweifelt-hungrige Herbert-Augen, ein leerer Parkplatz und Maja, die Große, die Schöne, die Furchtlose, die beschloss, wir müssten nun mal was erleben, sich bei Herbert unterhakte und verkündete, wir würden jetzt mit zu ihm gehen. Ich verstand nicht, warum, wir konnten immer zu Maja, ihre Mutter war meist weg oder schlief, und es gab einen vollen Süßigkeitenschrank. Maja wohnte im Paradies, und Herbert sah nicht so aus, als hätte er auch nur eine Ahnung vom Paradies. Herbert war entweder zu schüchtern oder zu geil, um uns abzuweisen und stotterte noch ein bisschen vor sich hin. Ich sagte häufig »Was?« und »Wie bitte?«, und Maja sagte: »Ist doch egal, was der labert. Der hat Pombären«, und dann lachte sie ihr irres, mächtiges Lachen, dem die Welt gehörte, und Herbert ging mit uns los.

Seine Wohnung war ein Loch. Ein kleines Mietsapartment im Erdgeschoss eines ehemaligen Arbeiterhauses an den Bahngleisen. An den Wänden hingen schmutzigweiße Gardinen, im Wohnzimmer lag eine Matratze, davor ein Couchtisch und ein phänomenal riesiger Flatscreen. In der Küche stapelten sich Bücher über Mathematik auf dem Boden, auf der Fensterbank, auf dem Herd. Auf einigen erkannte ich den Stempel der Stadtbücherei. Alle 20 Minuten rauschte ein Zug vorbei, und die leeren Senfgläser, aus denen Herbert seinen Wodka trank, fingen leise an, im Schrank zu klirren.

»Geil, hier wohnen wir jetzt«, beschloss Maja, und ich nickte, weil ich natürlich einsah, dass Königinnen ein Reich brauchen.

Maja fläzte sich auf die Matratze, schaltete den Fernseher ein, und wir schauten ARD, das Morgenmagazin und Serien über Wikinger und eine Dokumentation, in der eine nette Frau sagte, es sei kurz vor 12, dabei war es bereits später Nachmittag. Die nette Frau sah sehr besorgt aus, erklärte uns, dass das Klima sich bald ändern werde und dass wir schuld an allem wären und über kurz oder lang auf diesem verwüsteten Planeten sterben würden. Eher über kurz. Ich kuschelte mich an Maja, und sie sagte: »Wir müssen halt in Zukunft die Bierdosen in den Glascontainer werfen und nicht auf die Straße, dann kriegen wir das mit dem Klimawandel schon in den Griff.« Ich nickte.

»Die Welt gehört uns«, sagte sie, und dann nahm sie mein Gesicht in beide Hände und küsste mich auf die Stirn, und mir wurde schwindelig. Herbert sah vom Küchentisch aus zu uns hinüber, und Maja lachte und streckte ihm den Po entgegen. Er zog scharf Luft ein, drehte sich weg, griff in die Tüte mit Pombären und blätterte weiter in einem Buch über einen Carl Friedrich Gauß.

Herbert versuchte immer wieder, uns rauszuwerfen, aber jedes Mal, wenn er uns stotternd Richtung Tür zerrte, ließ Maja ihren String schnalzen, und wir bekamen Pombären und Bier und durften weiter fernsehen. Wir sahen nur das Erste. Ich kenne jede Sendung der ARD. Das *Wirtschaftstelegramm* lehrte uns, dass Geldbeschaffung kompliziert war, die Wettervorhersage, dass man sich nie ganz sicher sein konnte, und *Marienhof*, dass Liebe etwas für Leute war, die ständig im gleichen Café abhingen.

In dem Jahr, als wir bei Herbert wohnten, schauten wir niemals einen anderen Sender, umschalten kam uns schlicht nicht in den Sinn, so wie man nie darauf kommt, etwas zu ändern, wenn man zusammen und zufrieden ist. Meistens gingen wir beim Ziehen der Lottozahlen nach Hause.

Später wurde das Fernsehen Maja zu langweilig, also schleiften wir Herbert mit ins Kino oder zu McDonald's. Er zahlte meist anstandslos. Manchmal gingen wir sonntags auf den Flohmarkt. Dort liefen wir von Stand zu Stand und suchten uns Sachen aus, die Herbert uns kaufen musste, geknüpfte Armbänder und alte Ansichtskarten. Ich fing an, Postkarten zu sammeln. Innerhalb weniger Wochen besaß ich drei Schuhkartons voll. Meine Mutter schwieg mich fragend an, ich schwieg trotzig zurück. Alles war einfach. Wir tippten auf etwas, Herbert kaufte es. Er musste dabei immer zehn Meter Abstand wahren, sonst wurde Maja wütend.

»Ich will nicht, dass die Leute glauben, du seist mein Vater«, sie kniff die Augen zusammen, »und du bist nicht mein Vater. So schlechten Geschmack hat nicht mal meine Mutter.«

Nur einmal, ganz am Anfang, versuchte er, sich zu weigern. Wir waren schon um einen riesigen Stofftiger reicher, als Maja vor einem Globus aus Glas stehen blieb und Herbert auffordernd ansah. Er schielte auf das Preisschild, 50 Euro, verkrampfte die Hände zu Fäusten und sagte: »Nein.«

Maja sah überrascht zu mir rüber, dann rannte sie auf Herbert los, klammerte sich an ihm fest und schrie, er solle sie loslassen, er solle seine Finger von ihren Brüsten nehmen, sie habe Angst.

»Feuer«, schrie sie, weil wir in der Schule gelernt hatten, dass man immer »Feuer« rufen solle, nie »Hilfe«, weil Feuer alle was angeht und Majas Brüste nur Maja. Die Flohmarktbesucher drehten sich um, Herberts Augen weiteten sich kurz, er schnappte nach Luft, da traf ihn das Knie eines Überraschungsei-Sammlers schon in der Magengegend, Schlümpfe flogen durch die Luft, und noch während sich Herbert wimmernd am Boden wälzte, noch während sich einige Erwachsene auf ihn stürzten, noch während um ihn herum kiesiger Staub aufwirbelte, strich der Verkäufer Maja über das Haar. Sie schmiss sich ihm in die Arme, flüsterte ihm etwas ins Ohr, er beugte sich über seinen Flohmarktstand, nahm den Globus und drückte ihn Maja mit einem weichen Lächeln in die Hände. Sie knickste. Dann rannten wir nach Hause zu Maja und nahmen den Globus am nächsten Tag mit zu Herbert, und nachdem Maja ihm verboten hatte, sich im gleichen Raum mit uns aufzuhalten, saß er immer in der Küche, auf der verschlissenen Sitzecke, mit einem Buch vor sich. Manchmal tippte er vorsichtig den Globus an, und dieser drehte sich, bis er ganz langsam wieder zum Stehen kam. Wahrscheinlich hat er den Globus immer noch. Wahrscheinlich tippt er ihn immer noch ab und zu an, während draußen ein Zug vorbeidonnert. Ich weiß es nicht, ich will nichts mehr davon wissen.

Vielleicht hat Maja ihr E-Mail-Passwort vergessen. Vielleicht ist sie nach Nordkorea ausgewandert. Vielleicht ist sie in einer Psychiatrie. Vielleicht antwortet sie deshalb nicht auf meine Mail. Sie hat immer gesagt, dass sie mal in der Psychiatrie landen werde, allein schon, weil da alle vernünftigen Menschen irgendwann landen. Aber das war vor vielen Jahren.

Ansonsten war mein Tag durch die Waschmaschine strukturiert, nach der Buntwäsche habe ich eine Fertigpizza gegessen.

STAND HEUTE LANGE AN DER KREUZUNG und wusste nicht, wohin. Ich hatte nicht die Orientierung verloren, ich wusste einfach nicht, wohin mit mir. Neben mir stand eine Frau in modernen Turnschuhen, aber die wusste wahrscheinlich auch nicht, wohin mit mir.

Später die feste Überzeugung, ein schlechter Mensch zu sein. Meine Gedanken sind nicht gut, und meistens folgen ihnen Taten. Und den Taten dann Probleme.

Karl rief heute an, sagte, dass wir in ein paar Tagen loskönnten, und ich fragte ihn, wie es wohl wäre, tot zu sein. Dann redeten wir darüber, wie es wäre, wenn er sterben würde.

»Also noch nicht ganz tot«, sagte er, »vielleicht – so Krebs im dritten Stadium.« Ich sagte, das sei schrecklich und würde niemals passieren. Er sagte, er würde dann wahrscheinlich noch eine letzte große Reise machen wollen, und ich sagte, dass ich dann ein berührendes, aber auch herrlich komisches Buch über unsere letzten Wochen verfassen würde, das man anschließend mit Elyas M'Barek als Loveinterest verfilmen könnte. Dann lachte Karl, und ich lachte auch, und dann redeten wir noch ein bisschen über etwas anderes.

Später mit Jonas in eine alte Eckkneipe. Da gehen wir manchmal hin, weil dort außer uns nur kaputte Gestalten und Alkoholiker herumhängen und weil wir durch sie daran erinnert werden, wie jung und privilegiert wir sind. Eine Mittvierzigerin mit Ankertattoo stellte sich mir als Günther vor. Ihre blonden Strähnen im schwarzen Haar wippten, wenn sie sprach. Bestimmt hatte ihre Friseurin sie zu etwas »Frechem« überredet, und sie hat kurz gezögert und dann gesagt: »Öfter mal was Neues!« Sehr laut hat sie das gesagt, damit sie es sich auch glaubt.

Jonas redete wenig, küsste mich gar nicht und war der schönste Mann auf der Welt. Wir tranken hastig, wie man hastig trinkt, wenn man sonst reden müsste, bis ich anfing, dummes Zeug zu reden, weil Gläser unsensibel sind und sich selbst dann leeren, wenn einem der Gesprächsstoff ausgeht. Dann tun sie es sogar schneller. Ich erzählte Jonas, dass in beruflicher Hinsicht bei den Ärzten der höchste Zufriedenheitsgrad herrsche, ich hatte irgendwo gelesen, dass sich Operieren für Chirurgen wie Kokainnehmen anfühlt. Jonas sagte, für ihn fühle sich Kokainnehmen wie Kokainnehmen an. Dann sah er geradeaus und tippte eine Nachricht an Leonie. Einige Sekunden später leuchtete auf seinem Telefon »E.-L. schläft schon« auf.

Später stellte Günther in der Jukebox *Purple Rain* ein und brüllte mich über Prince hinweg an, dass sie in Ruhe sterben könnte, wenn ihr Sohn nur ein Mädchen wie mich finden würde, und ich brüllte gerührt zurück, wie man als Frau Günther heißen kann. So sehen gute Tage aus, wenn sie nicht nachts von der Panik durchbrochen werden würden.

ES IST WIEDER FRÜHMORGENS, ich sitze an dem Esstisch, der mal meiner war, in Karls und Leonies Wohnung, die mal unsere war. Die anderen liegen im Bett.

Der Tag war eklig, zäh, wie Abende mit jemandem, in den man nicht mehr so verliebt ist, ein einziges Warten auf den Tod. Der Tag war Herumhängen, Kartoffelnessen und Woody-Allen-Filme-Schauen, bis der Laptop-Akku mir drohte, den Geist aufzugeben, aber ich war zu phlegmatisch, um daran etwas zu ändern, und der Film endete dann halt vor Schluss, so wie das meiste vor Schluss endet, und so toll fand ich Woody Allen eh nie.

Dann Angst, dass die Angst vor draußen wieder kommen könnte. Also verabredete ich mich für später mit den anderen. Rausgehen hilft gegen Angst vor Rausgehen.

Wir waren auf einer Party von Leuten, die gern Partys geben, weil sonst selten jemand zu Besuch kommt. Am Anfang gab es Häppchen, am Ende Tränen, redundant, wie Partys eben sind.

Die Gäste waren zwischen dreißig und fünfzig Jahre alt. Das heißt, dass viele von ihnen seit über zehn Jahren genau die gleichen, matten Gespräche führten, Gespräche, deren inhaltlicher Ursprung eine schlechte Abiparty in den Neunzigern gewesen sein muss. Man hielt sich gegenseitig für fair, kritisch, moralisch überlegen und sterbenslangweilig, der Raum war gefüllt mit Karrieren wie Stockfotos, Frauen, die Selfies von sich in sozialen Netzwerken posten, auf denen sie mit beiden Händen eine Kaffeetasse umklammern, Hashtag #homeoffice, weil bei #arbeitslos weniger Menschen auf »gefällt mir« drücken. Schlecht fühlte sich deshalb keiner. Der Kaffee kam schließlich aus einem Laden mit eigener Röstphilosophie. Man wusste, ohne sich mit jemandem zu unterhalten, welche der drei in Frage kommenden Parteien man wählte, was man frühstückte, man wusste Gemüsekisten-Abo, man wusste geraspelte Avocadokerne, man wusste, dass die nette Weinhändlerin an der Ecke eigentlich vom Grasverkauf an Mittelstufensprecher lebte, man wusste Altbau, man wusste Kinderzimmer mit Schleichtieren, man wusste, dass Bioäpfel verschrumpelt sein müssen, sonst sieht ja keiner, was für Opfer man bringt, man wusste Montessori und Waldorf, man wusste zutiefst unglückliche Beziehungen mit geschmackvollem Interieur, man kannte die Angst vor dem Fall, die Unzuverlässigkeit der gehobenen Mittelschicht, man wusste Klischees zu bedienen, man wusste nicht, was man alldem entgegensetzen konnte, man wusste nicht, wohin mit sich, man war viele, viel zu viele.

Leonie stand in der Ecke und sprach mit einem Werberegisseur. Sie unterhielten sich darüber, dass man ja *eigentlich* gar nicht *tatsächlich* mit den Augen, sondern mit irgendwelchen Neuronen im Gehirn sehe, und natürlich hatte der Werberegisseur einen Artikel aus dem *New Yorker* dazu gelesen.

Das hat was mit dem Altwerden zu tun. Man hat dann ein besseres Gewissen, wenn man neben einem hässlichen Fremden aufwacht, bei dem man sich denken kann: »Ah, der hat gestern so intelligent über Neuronen gesprochen.«

Ich stand etwas abseits. Auf dem Sofa in der Ecke saß ein schöner Mann mit dunklen Haaren und weißen Zähnen und drehte ein Wasserglas in den Händen. Er trug ein einfaches weißes Shirt und enge Jeans. Ich tippte bei dem minimalistischen Kleidungsstil auf einen Webdesigner. Daneben unterhielt sich Karl mit einer Frau. Die Frau sah so aus wie jemand, der gern brunchen geht und seinen Laptop »Schlepptop« nennt. Ihr Freund stand daneben und sah aus wie jemand, der Wortspiele wie »Schlepptop« lustig findet. Die beiden hielten sich im Arm und redeten auf Karl ein, der hastig von seinem Cranberry-Wodka trank.

»Wir haben ja jetzt auch einen«, sagte die Frau.

»Einen was?«, fragte Karl.

»Einen Flüchtling. Ganz toll ist der. Abdul, komm mal her«, rief sie, und ihr Mann beugte sich zu Karl und flüsterte, Abdul sei ein arabischer Name und bedeute Knecht, und er wisse auch nicht, warum seine Frau immer »Flüchtling« sage, den Terminus halte er für grundfalsch.

Der Mann mit dem weißen Shirt stand auf und gab Karl die Hand. Karl sagte: »Mahlaan«, und der Mann lächelte. Die beiden unterhielten sich eine Weile, bis die Frau anfing, Abdul übers Haar zu streichen.

Er zuckte zurück. Die Frau lächelte Karl an und sagte, es sei wichtig, zu helfen, sie nehme Abdul überallhin mit, damit er unsere Kultur kennenlerne, er komme ja aus einem, sie sage mal, etwas primitiveren Kulturkreis, und Deutsch könne er kaum, woher auch, die Bildungspolitik dort sei ja eine Katastrophe. Abdul umklammerte sein Glas und sah wütend aus. Ich lächelte in seine Richtung, aber er bemerkte mich nicht.

Es waren auch halbwegs prominente Gäste da. Nur half das wenig. Niemand beherrschte den amerikanischen Smalltalk, stattdessen wird diese Kulturtechnik als scheinheilig abgekanzelt. Aber abkanzeln geht schnell, und dann steht man stumm voreinander und saugt an seinem Strohhälmchen.

Ich stupste Jonas an und fragte ihn, ob wir nun gehen könnten.

»Wir gehen, wenn die ersten Kommunismus-Kapitalismus-Diskussionen beginnen, versprochen.« Er zwinkerte mir zu, und ich fragte mich, seit wann dieses Zuzwinkern wieder ein Ding war.

Ich sah zu Leonie und dem Werbefilmregisseur. Er zerhackte aufgeregt etwas weißes Pulver auf seinem iPhone und erklärte anhand der staubigen Linie ein physikalisches Experiment, in dem man irgendwelche Teilchen durch zwei Löcher schoss, und dass die

Teile entweder Wellen oder Masse waren und dass das nämlich nur auf den Blickwinkel drauf ankäme, und genau das sei das Problem von Wissenschaft, dass sie sich der Metaphysik versperre, und deswegen habe er das Studium abgebrochen, damals, weil er die Ignoranz seiner Kommilitonen nicht ertragen hätte.

»Ich habe sie einfach nicht ertragen«, sagte er, und Leonie guckte zutraulich, fischte ihren Strohhalm aus dem Drink, zog das Weiße und fing an, über ihre Essstörung zu sprechen und sich keine Mühe mehr zu geben. Ich mag sie nicht, wenn sie so ist.

Später saß ich an Karl gelehnt auf einer Couch, Leonie und Jonas küssten sich ein paar Meter vor uns. Der Werbefilmregisseur sah den beiden zu und kratzte sich etwas Wundschorf von der Stirn.

»Gehen?«, rief ich den beiden zu.

»Wir kommen«, sagten Leonie und Jonas und setzten sich zu uns.

Wir sahen aus wie alle anderen hier, wir sprachen den gleichen Code, wir tranken unser Gemüse püriert und nannten das kalifornisch, wir waren genauso schlechte Menschen wie alle hier, aber wir waren schlechte Menschen, die beschlossen hatten, zusammenzugehören.

»Los jetzt?« Karl strich mir durchs Haar, ich tippte Leonie an. Sie löste sich von Jonas, er grinste und nickte. Wir standen auf, Karl hielt mich im Arm, ich nahm Leonie an die Hand, die den Arm um Jonas' Hüfte legte. Das war schön, auch wenn es etwas albern aussah, weil wir auf dem Weg vom Sofa zur Tür ständig jemand anrempelten und seitlich durch die Tür gehen mussten, aber das war egal.

Später schliefen wir bei Karl und Leonie, ineinander verknäult, bis es mich störte, dass Jonas mir den Ellbogen in den Bauch drückte und Karl schnarchte, dann schlich ich mich aufs Sofa, deckte mich mit einer Steppdecke zu und schlief ein.

Das klappte, bis die Panik wiederkam, mich treu um fünf Uhr morgens weckte und mit den Schultern zuckte, sie wisse auch nicht genau, weshalb sie hier sei.

LUISA, MEINE MITBEWOHNERIN, ist seit heute weg. Sie müsse für einige Wochen fort, sagte sie, es sei dringend, und sie versuchte, dabei arg überstürzt zu schauen.

»Wohin«, fragte ich.

»Na, Urlaub«, sagte sie etwas verständnislos. Dann nahm sie meine Regenjacke vom Haken und drückte mir eine Schildkröte in die Hand.

An der Tür drehte sie sich noch einmal um: »Nora, wärst du so lieb und würdest den Toaster für mich auf Amazon rezensieren? Ich bin gerade auf dem besten Weg, Toprezensent zu werden.« Sie lächelte, ich nickte und sah die Schildkröte an.

Die Schildkröte schaute zurück, als sei sie schon längst ausgestorben. Ich weiß nicht, was Schildkröten fressen. Ich weiß auch nicht, wie die Schildkröte heißt. Ich wusste bis dahin nicht einmal, dass meine Mitbewohnerin eine Schildkröte besitzt. Sie ist in etwa so groß wie die Butterbrote von gesund aussehenden Schulkindern, bei denen man sich arg zusammenreißen muss, um ihnen nicht in die Backe zu kneifen und sie proper zu nennen. Habe die Schildkröte gewogen. 390 Gramm.

Ich verliere 390 Gramm häufig, deshalb habe ich ihr einen Heliumballon umgebunden. Jetzt schwebt auf Hüfthöhe ein gelber Ballon durch die Wohnung. Vielleicht ist alles doch nicht so schlimm.

Abends kam Jonas. Zum Einschlafen sahen wir eine Dokumentation über mittelalterliche Foltermethoden. Kaum etwas beruhigt mehr als das leise Surren sehr grausamer und vor allem sehr vergangener Zeiten in HD. Jonas schlief schnell ein.

Keine Mail von Maja. Ich schrieb ihr: »Du antwortest nicht«, aber das weiß sie wahrscheinlich.

MORGENS HABE ICH mich mit Jonas gestritten. Ich versuchte, mit ihm über 390 Gramm zu sprechen, aber er blockte ab, zog sich rasch seine Klamotten über, knöpfte sich vor meinem Spiegel das Hemd zu und hob, wie immer, wenn er fertig angekleidet war, eine Braue. Ich saß im Bett und wollte nicht, dass er geht.

Er ging.

Ich öffnete das Fenster und schrie ihm nach, dass ich jetzt vor Wut meine Matratze abfackeln würde, und er schrie wütend zurück, das fände er gut.

»Das wird ein riesiges Brandloch geben«, schrie ich, und er rief: »Geil!«, und dann wollte ich noch etwas rufen, aber da hatte Jonas sich schon umgedreht und sah im Gehen auf sein Handy.

In Wahrheit habe ich zumindest sehr stark darüber nachgedacht, meine Matratze anzuzünden, weil eine kaputte Matratze immerhin etwas ist, zumindest etwas, was eine heile Matratze nicht ist, und jetzt stehe ich da, mit heiler Matratze.

Jonas und ich sind radikal ehrlich zueinander. Sagt Jonas. Er würde es mir nicht verzeihen, wenn er sehen würde, wie intakt meine Matratze ist.

Später wurde ich in der S-Bahn kontrolliert. Ich schaute gerade aus dem Fenster und dachte darüber nach, wie ich ein Loch in meine Matratze brennen könnte. Am besten, ohne die Wohnung abzufackeln. Notfalls aber auch mit.

»Die Fahrscheine, bitte«, unterbrach mich ein Kontrolleur.

Er sah ein bisschen aus, als mache er sich nicht einmal die Mühe, seinen Curry King aufzuwärmen.

»Du! Fahrschein!«, blaffte er.

»Schöne Uniform«, sagte ich.

»Hä?«, sagte er.

Ich sagte nichts. Wir guckten uns ein bisschen an, bis die Bahn zum Stehen kam.

»Folgen Sie mir.«

Dieser Satz ist mir der liebste auf der Welt. Er ist ein Versprechen, sich zumindest ein paar Sekunden lang nicht selbst entscheiden zu müssen, er ist ein Hineinbegeben in die Fremdbestimmtheit. Ich wäre dem Kontrolleur überallhin gefolgt.

Ich stellte mir vor, wie wir ein neues Leben beginnen würden, der Kontrolleur und ich. Wahrscheinlich kennt er geheime Schächte, stillgelegte Bahnstrecken, ein unterirdisches Paralleluniversum, in dem alle wohnen, die nicht weiterwissen, alle verschwundenen Kinder und Katzen und Ehemänner, und irgendwo am Ende des Tunnels würde Maja sitzen, mit Ruß im Gesicht, umringt von ihren Gefolgsleuten, und sich darüber totlachen, dass wir hier oben wirklich dachten, sie sei tot. Irgendwas muss der Kontrolleur an mir bemerkt haben, irgendwie muss ich den richtigen

Code gesprochen haben. Er würde mich an die Hand nehmen, ich würde ihn wissend ansehen. Denn natürlich war mir klar, dass er mich nur zum Vorwand kontrollierte, überhaupt sind die ganzen Fahrscheinkontrollen, wahrscheinlich sogar die ganze U-Bahn, nur ein Vorwand, um die Verlorenen zusammenzuführen. Zaudernde finden Verzagte. Der Kontrolleur ist Headhunter einer schönen neuen Welt im Dunkeln.

»Hier unten haben wir kein WLAN«, würde er sagen, und ich würde nicken, ich würde verstehen, denn schließlich machen wir hier unten alles besser.

Es gäbe Stockbetten und Hängematten, die quer über alten Gleisen angebracht wären, alles wäre erleuchtet von flackernden Neonröhren, und man würde sich vor allem flüsternd unterhalten, weil das Leben davor viel zu laut gewesen war.

»Junge Dame, vierzig Euro macht das.« Der Kontrolleur packte mich an der Schulter. Er sah jung aus, Mitte 20 vielleicht.

Ich drückte den Rücken durch, in meinem Geldbeutel nur ein 100-Euro-Schein. Haltung bewahren. Aufrecht. Wie eine Säule im Rücken. Gehässigkeit. Stolz. Dieser Versager kann mich nicht brechen, und sonst auch keiner. Ich ließ den Hunderter vor ihm auf den Boden segeln.

»Stimmt so.«

Dann lief ich sehr aufrecht zum U-Bahn-Ausgang, wie an einer Schnur, so hatte es meine Großmutter immer gepredigt, und ich werde nicht aufschreiben, wie ich nach zehn Metern wieder umgedreht bin, hektisch in der Menge nach dem Kontrolleur gesucht, ihn schließlich gefunden habe, er schaute immer noch verwundert auf den Schein. Ich werde nicht aufschreiben, wie ich ihm erklärt habe, dass ich die 60 Euro Restgeld doch brauche, eigentlich sogar die hundert, weil ich nicht weiter in Abhängigkeit von Männern leben möchte, die Metawitze lustig finden, ich werde es dabei belassen, wie aufrecht ich weggegangen bin.

Später meditierte ich. Überall steht, dass Meditieren hilft. Natürlich kann ich nicht meditieren, aber ich kann mich sehr gerade hinsetzen und die Fresse halten, und viel mehr ist es ja nicht. Heute half das nicht, denn das Schwierige am Meditieren ist, dass man an gar nichts denken soll, und da ich ehrgeizig bin, versage ich regelmäßig, und versagen wiederum entspannt mich überhaupt nicht.

DER TAG FING BÖSE AN, mit schlechtem Gewissen und Schuldgefühlen und all den Gedanken, die man sonst so hat, um sich zu Recht Mensch nennen zu dürfen. Die wachen Morgenstunden rächen sich mittlerweile, meine Haut spannt, und die Augenringe stehen mir nicht. Auf meinem Telefon eine Nachricht meiner Agentin, ob ich schon im Urlaub sei, und wenn nicht, ob ich wenigstens kurz zu einem Vorsprechen gehen könne. Ich konnte.

Die Casting-Frau rührte ständig in ihrem Kaffee, dabei war darin weder Milch noch Zucker. Sie rührte und rührte, dann fragte sie, ob ich Lust auf was Verrücktes hätte, und rührte weiter. Ich dachte, es ist verrückt genug, dass du in einem schwarzen Kaffee herumrührst. Ich sagte: »Ja, klar.« Später der Anruf: Bin fest gebucht für »Die Super-Shopper«. Für die Show muss ich mit drei dicken Hausfrauen einkaufen gehen, und später werden sie genauso wie vorher aussehen, nur mit anderen Klamotten und besser belichtet. Diejenige, die am besten aussieht, wird der »Super-Shopper«, bekommt eine Konfettidusche und ein unsicheres Lächeln ihres Mannes, der etwas verschüchtert am Rand steht und dafür gebucht wurde, die Show emotionaler zu machen. Das Ganze läuft auf einem Privatsender, und heute Abend werde ich damit verbringen, Sätze wie »Eine Birnenfigur kaschiert man am besten mit Taillengürteln« auswendig zu lernen. Meine Eltern haben immer gesagt, ich könne alles erreichen, was ich will. Der Dreh beginnt in einem Monat, ich will keinen Urlaub mehr. In meinem Zimmer steht die Zeit still, die Schildkröte bewegt sich kaum.

Später rief ich Karl und Leonie an, aber Karl fluchte nur, er habe gerade keine Zeit. So funktioniert eine Viererbeziehung natürlich nicht. Im Hintergrund hörte man ein regelmäßiges Wummern. Leonies Kopf gegen die Tapete. Das macht sie häufig. Karl hält dann ein Sofakissen zwischen ihre Stirn und die Wand. Man kann ihm leicht ein schlechtes Gewissen machen.

»Okay, grüß Leonie«, sagte ich. Karl legte auf.

Bin dann mit 390 Gramm in den Park gegangen. Wir saßen auf der Parkbank und sahen uns um. Ich weiß nicht, wofür man eine Schildkröte hat, außer um mit ihrem Panzer Bierflaschen zu öffnen, und selbst da ist ein Feuerzeug praktischer.

Abends wieder mit Jonas in die Kneipe. Wir wollten Kicker spielen. Der Kneipenbesitzer bat uns darum, den Tisch nicht mit selbstmitgebrachtem Fett einzuschmieren.

»Es gibt Menschen, die in Kneipen gehen und dort

Kickertische mit mitgebrachtem Fett einschmieren«, sagte ich zu Jonas. Er nickte.

Wir spielten im Team gegen einige Stammgäste und verloren jedes Mal, weil Jonas ständig sein Handy in der Hand hatte. Irgendwann spielte ich dann alleine, Jonas stand etwa einen Meter hinter mir und telefonierte, dann schlug er vor, noch zu Karl und Leonie zu fahren.

Wir fuhren mit dem Taxi, die Nacht wischte an uns vorbei, der Fahrer erlaubte mir sogar, bei offenem Fenster zu rauchen, aber Jonas bemerkte all das gar nicht, sondern schoss auf seinem Handy Schweine mit Vögeln ab.

Ich versuchte, die Tür zu Karls Wohnung sehr leise zu öffnen. Die beiden schliefen schon, und ich legte mich behutsam dazwischen. Trotzdem wachte Karl kurz auf. Er strich mir über den Kopf, wie früher, und sagte, dass wir morgen Nachmittag ans Meer fahren würden, alle fünf, und ich sagte, ich müsse noch eine Schildkröte mitnehmen.

WELLEN SCHLAGEN LEISE an den Strand. Es ist warm, ich sitze allein im Sand und schreibe. Die anderen sind im Haus. Jonas ist mit Emma-Lou zum nächsten Ort gelaufen. Seit knapp zwei Stunden sind wir am Meer.

Am Nachmittag holten Karl, Jonas und Leonie mich ab. Jonas spricht nicht mehr mit mir, seit er entdeckt hat, dass meine Matratze heil ist. Als er zur Tür reinkam, war alles noch gut, wir küssten uns, als würden wir es wirklich meinen, so mit fester Umarmung und ich auf Zehenspitzen, aber als er in mein Zimmer ging, um den Koffer zu holen, schlug er die Tagesdecke zurück, untersuchte meine Matratze und schmiss die Tür hinter sich zu. Den Koffer trug ich dann allein nach unten.

Unsere Beziehung ist eine einzige Imitation irgendwelcher Filme, und wenn wir uns streiten, dann halt noir, mit viel Schweigen und wütendem Rauchen, und ab und zu knallt eine Tür, und meistens fällt das Licht weich durch Jalousien. Einmal stritten wir uns in einem McDonald's, aber dann sagte Jonas, wie scheiße das aussehe, also lief er wütend nach draußen, und wir stritten uns im Licht von Straßenlaternen weiter.

Im Auto schwiegen wir uns an, zwischen uns Emma-Lou. Unser Schweigen fiel nicht auf, weil Leonie von einer Klinik erzählte, in die sie sich einweisen lassen will, irgendwo im Schwarzwald sei die, und man habe da alternative Heilmethoden, irgendwas stimme nicht mit ihren Chakren, sie deutete sich panisch auf die Brust. Leonies Eltern sind erfolgreiche Chirurgen, die gerne Golf spielen und ihre Kinder mit einem Gürtel vermöbelten. Folglich hat Leonie der Schulmedizin abgeschworen und verletzt sich nun selbst. So einfach ist dann manchmal die Psychologie. Leonies Stirn war heute bläulich verformt, die Augen verquollen, ein starker Kontrast zu ihrem gelben Sommerkleid. Ich sah viel aus dem Fenster. Felder. Windräder. Ich vertrieb mir die Zeit damit, Dinge mit Symbolik und Metaphorik zu beladen. Schweigen? Metapher. Intakte Matratzen? Metapher. Gemeinsames Lied? Wie trinkt der andere seinen Kaffee? Metapher, Metapher, Metapher. Lauter Dinge, die krampfhaft versuchen, mehr zu sein, als sie nun einmal sind, nämlich gottverdammter Kaffee oder eine gottverdammte Matratze. Dinge, die sich irgendwann dafür rächen würden, dass wir sie mit Metaphorik beladen. Wie viele Metaphern noch für die Liebe? Wie viele Lieder noch? Wie viele Schlösser an Brücken und wie viele leise Versprechen, wie viele laute Beteuerungen braucht es noch, bis es endlich ruhig werden würde?

»Emma-Lou.« Karl fixierte den Rückspiegel so, dass er die Kleine im Blick hatte.

»Emma-Lou, schau mich an, wenn ich mit dir rede. Lass uns über den Tod sprechen. Und jetzt sag mal, hast du Angst vor dem Tod?«

Emma-Lou zuppelte an meinen Haaren herum, sah mich an, ich zuckte mit den Schultern. Sie gab wie üblich keinen Ton von sich.

»Lass doch.« Leonie sah hilfesuchend zu Jonas. Er schüttelte den Kopf und schwieg weiterhin. Draußen eine alte Scheune. Wie unsere damals. Ich freute mich, dass es Jonas wichtiger war, mich zu strafen, als Karls krude Erziehungsmaßnahmen zu kommentieren.

»Nehmen wir an, dass deine Mutter stirbt, weil sie denkt, dass man für Kopf-gegen-die-Wand mit Liebe belohnt wird. Weil sie immer noch Aufmerksamkeit mit Zuneigung verwechselt. Und irgendwann trifft sie dabei eine Ader an der Schläfe und fällt tot um. Was würdest du dann machen, Emma-Lou? Würdest du deinen Vater suchen wollen?« Emma-Lou schwieg, Karl erklärte uns ausführlich, warum die frühe Konfrontation mit dem Tod wichtig sei, draußen flog Landschaft vorbei, wie es sich eben für Landschaften gehört, und Leonie fing zuverlässig an, leise zu weinen und kratzte sich mit den Fingernägeln über das Gesicht (Metapher). Jonas sagte gar nichts und malte Unendlichkeits-Achten auf die Scheibe (Metapher). Emma-Lou zog ein bisschen fester an meinen Haaren, ich strich ihr eine Strähne aus dem Gesicht (Metapher?).

»Emma-Lou!« Karl brüllte, scherte auf den Seitenstreifen, meine Stirn schlug hart gegen die Kopfstütze. »Du hast verdammt noch mal zu antworten, wenn Erwachsene mit dir sprechen.«

Jonas sagte leise: »Meine Fresse«, schnallte sich los und öffnete die Autotür. Draußen versprach der Sommer Ewigkeit. Ein schöner Tag, schlapp lagen die Felder herum, und Windräder drehten träge ihre sisyphosschen Runden, die Luft bemühte sich schon, salzig zu riechen, das Meer konnte nicht mehr weit sein.

Jonas schnallte Emma-Lou ab und hob sie aus dem Sitz. Wir drei stiegen aus, Jonas trug die wimmernde Emma-Lou über die Leitplanke auf die anschließende Wiese, ich lief hinterher, stolperte fast, meine Brust brannte vor Zuneigung. Das war Jonas. Das war der Sommer. Wir lagen im Gras, die Autobahn rauschte neben uns, über uns ein riesiges Plakat, auf dem eine nette Familie im Cabrio abgebildet war und darüber ein Schriftzug, der verriet, dass die nette Familie gleich grausam sterben werde, weil der Vater einer war, der es recht eilig hatte. Wir konnten nur vermuten, was Karl und Leonie im Auto machten. Emma-Lou lag müde auf Jonas' Brust, er hielt sie sehr fest, und ich wollte das Kind erschlagen, so sehr beneidete ich es.

Den Rest der Autofahrt schwiegen alle. Selbst das Strandhaus versprach nichts, als wir schließlich ankamen, sondern stierte uns nur ratlos an. Jonas verschwand sofort mit Emma-Lou, um im nächsten Ort Miesmuscheln zu kaufen, ich lief an den Strand, das hilft, sagt man.

GESTERN ABEND GAB ES MASSIG GUTEN WEIN, es gab Gespräche, bei denen keiner verletzt wurde, es gab lange Blicke über einen schönen Massivholztisch hinweg, es gab Miesmuscheln, es gab Hände, die ineinandergriffen. Es gab gemeinsames Abspülen, es gab eine Gutenachtgeschichte für Emma-Lou, es gab sich jeder Mühe, anständig zu sein. Irgendwer sagte, dass man noch den Müll rausbringen müsse, wegen der Muscheln, und irgendjemand antwortete, dass es dieses Jahr kaum Mücken gebe und dass wir morgen früh auf jeden Fall schwimmen gehen sollten, obwohl wir uns das natürlich morgens anders überlegen würden. Aber das spielte keine Rolle.

Wir saßen bis spät in die Nacht da. Irgendwann sagte Karl, wir könnten ja jetzt schwimmen gehen, und wir nickten, zogen uns noch in der Küche aus, schöne Körper, das sagten wir einander, das glaubten wir einander. Wir liefen am Pool vorbei zum Strand, nicht morgens, aber euphorisch. Im Wasser küsste Jonas mich, salzige Lippen, wir waren glücklich und glaubten uns das fast. Das Meer leckte den Strand, wir benahmen uns, wie es sich für junge Menschen gehört, mit Nassspritzen und allem. Karl schrie, wir seien Freunde zum Pferdestehlen, dabei ist das natürlich Quatsch, wozu sollen wir denn Pferde stehlen, ich kann nicht einmal reiten, solche Freunde brauch ich nicht, am Ende steht man dann da, auf irgendeiner niedersächsischen Weide, mit zwei Shetlandponys am Halfter, die träge Gräser zwischen ihren unheimlichen Kiefern mahlen, und dann guckt man sich ratlos an und fragt sich, wohin mit den Viechern. Man hat ja gar keinen Platz in der Wohnung, und was Pferde in der Haltung kosten, will ich gar nicht so genau wissen, und die Freunde wissen es auch nicht, mit denen kann man zwar Pferde stehlen, aber nicht vernünftig artgerechte Tierhaltung diskutieren oder überhaupt irgendwas, außer Tierdiebstahl, und das Thema ermüdet doch recht schnell. Und dann steht man da, mit den geklauten Pferden und keiner Ahnung, wohin mit den Zossen. Man braucht keine Freunde zum Pferdestehlen, man braucht Freunde zum Doppelkopfspielen.

Wir sind alle zusammen eingeschlafen, legten uns zu Emma-Lou ins Kingsize-Bett, eine Hand fuhr mir durchs Haar, und Jonas erklärte, dass das alles okay sei, wir seien die Generation, die aufarbeitet, Epigenetik heiße das, wir seien die wohlbehütetste und depressivste von allen Generationen, wir verarbeiteten die Kriege unserer Großeltern, wir verarbeiteten abgeschossene Beine, verlorene Söhne, wir verarbeiteten eiserne Vorhänge, wir verarbeiteten Schützengräben. Wir müssten keinen Grund für unsere Traurigkeit haben, sie sei uns bleiern in die DNA gegossen, sagte Jonas.

»Wir müssen uns freistrampeln«, murmelte ich, »durch totale Emotionalität.« Draußen bellte ein Hund, weil in solchen Momenten immer draußen Hunde bellen, oder vielleicht auch nur, weil man es in solchen Momenten bemerkt.

»Und Verzeihlichkeit«, sagte Karl und barg meinen Kopf an seiner Brust, während Leonie glücklicherweise nichts sagte.

Dass das alles nur Gerede war, wussten wir, und es machte nichts, heute hatten wir alle gut performt, unsere Rollen gefunden, die schon am Morgen wieder bröckeln würden. Natürlich war es nicht die Epigenetik. Natürlich ist es unsere neurotische Hyperreflexion, das ständige Hinterfragen der eigenen Rolle, die manische Beschäftigung mit uns selbst, die Zeit, die sich öde und unendlich vor uns ausbreitet und die vage Langweile unserer sandigen Leben.

MAJA WOHNTE MIT IHRER MUTTER in einem alten Bauernhaus, etwas außerhalb des Dorfzentrums, dort, wo die Straßen nicht mehr von Laternen beleuchtet wurden. Von zu Hause brauchte ich etwa 15 Minuten mit dem Rad zu ihrem Haus. Ein graues Schieferdach, ächzende Dielen, dunkle Flure und kleine Fenster, Fenster, die man als lugende Augen beschreiben würde, wenn einem keine bessere Beschreibung einfiele. Das ganze Gebäude schien müde zu sein und wollte doch nicht aufgeben, zumindest nicht, solange jemand noch Holz in den Ofen schob, solange dort noch Leben war, das es zu schützen galt, und mit Maja war das Leben eingezogen. Alleine war es der unheimlichste Ort der Welt, mit Maja der schönste. Wir bauten ein Zimmer voll mit Decken, ein anderes wurde unsere Zentrale, weil man eine Zentrale braucht, wenn man Pläne hat, und Pläne gab es viele, Tausende, an jeder Ecke des dunklen Hauses lauerten sie, und Maja fand sie alle.

Es gab ein Zimmer, in dem nur ich bestimmen durfte. Es lag am Ende des Flures im ersten Stock. Wir gingen selten hinein, meistens wenn wir uns gestritten hatten, wenn Maja einen ihrer schlimmen Wutanfälle hatte und ich erst weinte, mich dann schämte und dann gar nichts mehr sagte.

»Für diese Fälle brauchen wir ein Zimmer, in dem

du bestimmst«, sagte Maja, weil man immer etwas für jeden Fall braucht, und wenn der Fall dann eintritt oder sogar reinstolpert, hat man ihm etwas entgegenzusetzen.

Die Idee war im Prinzip gut, aber immer wenn wir in dem Zimmer waren, wurde mir klar, dass ich nicht bestimmen wollte und mich wieder nach Majas Dominanz sehnte. Also schlug ich zaghaft vor, Maja solle mir ein Milky Way oder ein Snickers bringen, weil ich nicht wusste, was ich sonst bestimmen könnte. Ich wollte Maja lieber wütend als unterwürfig, denn dann musste ich auf einmal Pläne haben. Maja rannte dann nach unten zum Süßigkeitenschrank, brachte den Schokoriegel und strahlte erleichtert. Dann durften wir das Zimmer wieder verlassen, und sie beschloss etwas Neues, zum Beispiel, einen Klassenkameraden zu entführen, aber nur zur Übung, für später.

Ihre Mutter schlief entweder betrunken auf dem Sofa oder war für Tage und Wochen verschwunden. Das Gebäude war umstellt von Mais, vorne und zu beiden Seiten. Mais ist nur im Spätsommer und Herbst sehr hoch, aber für uns war der Mais immer da, immer hoch, ich kann mich an keinen Tag ohne Mais erinnern, schwere, selbstgefällige Kolben, die sich willenlos dem Wind beugten. Maja verglich den tumben Mais mit unseren Mitschülern.

»Und der Wind ist der Lehrer?«, fragte ich.

»Nein. Der Lehrer ist auch Mais«, sagte Maja, brach einen Kolben ab und lachte, »alle sind Mais, Mais,

Mais.« Futtermais war das damals, der nach Mehl schmeckte und einen staubigen Belag auf der Zunge hinterließ, und Maja sagte, genau so schmeckten Menschenknochen. Woher sie das wisse, fragte ich, und Maja lachte laut auf. »Woher ich das weiß«, schrie sie, »woher ich das weiß.« Sie rannte ins Feld, und nach ein paar Metern war sie im Mais verschwunden.

Ich lehnte mich mit dem Rücken an die graue Hausfassade, vor mir der Mais, der mir immer mehr vorkam wie ein Lebewesen, ein Pando vielleicht. Einzelne Bäume also, die sich über Hektar und Hektar unterirdisch zu einem Organismus erstrecken. Ein Lebewesen, der sich als Wald tarnt, weil er die Menschen mit seiner Größe nicht verunsichern will. Ich rief nach Maja, aber sie antwortete nicht, ich stand lange da und sah auf den Mais, irgendwann fiepte mein Tamagotchi, und ich bemerkte, dass mein linker Fuß eingeschlafen war. Es war spät, und als ich aufblickte, war der Mais nur ein stummes, schwarzes Meer und Maja immer noch verschwunden. Ich rannte den Weg nach Hause, die Landstraße entlang, und erst als die ersten Straßenlaternen aufleuchteten, war ich mir sicher, dass ich davongekommen war.

Am nächsten Tag kam Maja zu spät in die Schule, den pinken Eastpak wie immer über der linken Schulter, ihr Anblick erschreckte mich, weil ich felsenfest davon ausgegangen war, dass sie tot sein müsse. Aber sie war nicht tot, diesmal nicht und auch die Male danach nie, sie war einfach wieder da, und ich wusste, wenn der Mais sie nicht erledigt hatte, konnte nichts auf der Welt es tun.

»Wo warst du denn«, schrieb ich auf den Collegeblock vor mir. Sie bohrte die Spitze ihres Bleistifts in den Radiergummi. Ich unterstrich die Frage zweimal, umkreiste die Fragezeichen. Schließlich knallte Maja ihr Hausaufgabenheft auf den Tisch und zischte, es gehöre sich nicht, über Dinge wie gestern zu sprechen, aber wenn es mich so dringend interessiere, sie habe etwas gesucht.

WIR SIND AM MEER und haben schnell festgestellt, dass wir gar nicht genau wissen, was wir hier machen sollen. Die letzten Male im Strandhaus alleine mit Karl hatten sich die Tage unbemerkt an uns vorbeigeschlichen. Nach ein paar Tagen fragten wir uns ständig, ob schon wieder Sonntag sei, dann sagte der andere, er wisse es nicht, und gefahren sind wir erst wieder, als Wochentage keine Rolle mehr spielten. Diesmal stockten wir. Das Meer tut, was Meere eben so tun, und wirkt nicht, als hätte es ungeduldig auf uns gewartet.

Morgens sollte es Brötchen geben, weil sich das so gehört im Strandurlaub, das wussten wir von unseren Eltern. Ich lief zum Bäcker, der natürlich einen gesunden Spaziergang weit entfernt war.

Die Bäckerei war ein kleines Geschäft mit einer Glocke an der Tür, man konnte Milch kaufen und die Zeitung, an den Wänden hingen vergilbte Werbungen mit D-Mark-Preisen, der ganze Laden tat so, als wäre Vergänglichkeit ein Scherz, über den man hier im Norden nicht lachte. Über dem Eingang war ein breites Schild angebracht: »Brötchen aus Leidenschaft!« Ich hätte lieber Brötchen aus Teig gehabt, Brötchen, die Brötchen waren, in einer Papiertüte und außen knusprig und innen weich.

Als ich zurückkam, spielte Jonas mit Emma-Lou am Strand Fußball, zwei Stöckchen markierten das Tor. Immer wenn Emma-Lou den Softball ins Tor schoss, schmiss Jonas sich auf den Boden und jammerte, dass ihn die Frauen fertigmachten, und Emma-Lou lachte sich kaputt. Ich setzte mich auf den Sand, und als er mich bemerkte, strahlte er: »Loslassen, Nora! Du musst einfach mal loslassen«, und seine Augen blitzten, die Schatten darunter waren verschwunden, er glühte vor Hitze, und das Letzte, was ich wollte, war loslassen.

Fast zwei Stunden lang war alles friedlich, dann wollte Emma-Lou nicht mehr Fußball spielen, da war das Abendessen noch zu weit weg, da war Nachmittag, viel Nachmittag, ein ganzer Nachmittag voller Nachmittag sogar, und da war keine Müdigkeit, die eine Siesta reizvoll gemacht hätte.

Wir lagen also weiter am Strand. Jonas überredete Emma-Lou, mit ihm schwimmen zu üben, Karl erzählte etwas von dem neuen Buch, an dem er schreibt, einem Ratgeber zum Glücklichsein. Er wirkte hektisch dabei, denn die Abgabefrist nahte. Karls Eltern sind beide angesehene Soziologen, und nach der Lektüre von Karls erstem Buch (»Generation Burn-out«) schickten sie ihm ein Exemplar zurück, in dem alle Ungenauigkeiten und falschen Rückschlüsse rot markiert waren. Karls zweites Buch durften die Eltern nicht lesen, weil es darin um harten Sex ging. Darin gab es ein Kapitel, in dem ein Typ Sex mit einem Hund hatte. Der Clou war, dass davon sehr zärtlich erzählt wurde. Das sollte der Schockmoment sein, das »Million Dollar Chapter«, wie Karl immer sagte, bis der Roman veröffentlicht wurde und er dann aufhörte mit den Anglizismen.

»Glück«, er fuhr hektisch mit den Fingern durch den Sand, »Glück ist vor allem, zu wissen, also zu *erkennen*, dass man nicht im Unglück ist.« Leonies Kopf lag auf seinem Bauch und wippte leicht, wenn er besonders aufgeregt sprach. Auf meinem lag lediglich 390 Gramm. Im Vergleich zumindest liegt das Glück nicht. Jonas und Emma-Lou sprangen in den Wellen am flachen Ufer. Immer wenn sich das Meer für einige Sekunden zurückzog, sah ich ein kleeblattförmiges Muttermal, einmal in Jonas' Kniekehle und einmal in Emma-Lous.

»Komm zu uns«, rief er, vielleicht rief er aber auch: »Bleib weg«, oder: »So viel Spaß habe ich mit dir nie«, die Wellen und Karls Ausführungen waren lauter als Jonas' Stimme. Wir blieben noch am Strand, bis wir uns ganz sicher sein konnten, dass die Betten abends voller Sand sein würden, den Rest des Nachmittags verbrachten wir im Haus.

Am Abend verschwanden Jonas und Emma-Lou wieder, sie wollten Krebse suchen am Strand, es würde noch lange hell bleiben, das müsse man ausnutzen. Ich saß mit Karl und Leonie im Wohnzimmer. Sie blätterte in einer Illustrierten, ich sah auf meinem Handy nach, ob Maja sich gemeldet hatte, aber bis auf ein paar Mails meiner Agentin (Betreffzeilen: »Komm wieder!«, »Wann kommst du wieder?«, »Du kommst doch wieder, oder??«) schrieb mir nur ein nigerianischer Prinz, dass er nicht wisse, wohin mit seinem Geld, aber ich wusste es auch nicht. Keine Mail von Maja.

»Leg das Ding doch mal weg, das brauchst du hier nicht«, sagte Karl und küsste mich. Dann hellte sich seine Miene auf, er lief in die Küche und kam nach einer Weile mit einem Müllsack wieder.

»Gib her«, sagte er und deutete auf mein Telefon. Ich umklammerte es. Leonie sah kurz auf.

Karl erklärte, die ständige Verfügbarkeit sei die Ursache unserer Probleme, wir seien jetzt im Urlaub, wozu wir die Dinger überhaupt noch bräuchten, wir hätten doch uns, das reiche, das reiche völlig. Ich warf kurz ein, dass der Urlaub nicht für immer sei, dass meine Agentin mich unter Druck setze und ich auf eine wichtige Mail warte.

»Gib her«, sagte er und griff nach meinem Handy. Leonie legte die Zeitschrift beiseite, grinste und schmiss ihr Telefon in den Müllsack. Karl nickte ihr lächelnd zu.

»Wir machen es einfach alle«, sagte sie, lief in ihr Zimmer und holte ihr Tablet. Karl sagte, das sei eine phantastische Idee, und zerschnitt ihr Aufladegerät mit der Nagelschere. Leonie lachte und trat auf ihr Tablet, das nicht nachgab, weil sie barfuß war und ungefähr 12 Kilo wiegt, aber das machte nichts. Ich war mir nicht sicher, ob das alles so eine phantastische Idee war, gar nicht sicher, aber sicher war, dass wir wieder etwas zusammen machten, was zumindest Karl und Leonie euphorisierte, also schmiss ich mein Handy hinterher, lief sogar ins Schlafzimmer und holte Jonas' Laptop, Karl grinste breit, als ich vom Sofa aus darauf sprang, mit voller Kraft sprang ich, und das Bersten des zersplitternden Bildschirms war ein Geräusch, das bezeugte, wie sehr wir lebten.

Einige Stunden später kam Jonas mit der schlafenden Emma-Lou auf dem Arm zurück. Er wollte noch etwas arbeiten, sagte er, und als wir ihm erklärten, dass das leider nicht möglich sei, weil alle Elektrogeräte bis auf Karls Tablet zerstört waren, wurde er wütend. Das war verständlich, er hatte ja das Geräusch, das bezeugt hatte, dass wir lebten, nicht gehört, für ihn war einfach nur sein Laptop kaputt. Leonie versuchte, ihn zu beruhigen, sprach mit leiser Stimme auf ihn ein, aber Jonas wand sich nur, schüttelte sie irgendwann fest an den Schultern und sagte sehr deutlich: »Fickt euch.« Dann brachte er Emma-Lou ins Bett.

Es ist jetzt bald neun Uhr, ich habe zweimal versucht, Jonas zu erklären, wie schön das Zerstören war, wie leid es mir tat, dass er nicht dabei war, aber er lässt nicht mit sich reden und beharrt darauf, dass wir seinen Entwurf zerstört hätten und kein Grafiker von irgendwelchen Hippiephantasien leben könne. Ich habe versucht, ihm von dem Geräusch zu erzählen, das bezeugte, wie sehr wir leben, aber als nach zehn Minuten keine Reaktion kam, ging ich zurück ins Wohnzimmer. Leonie lackierte sich die Nägel in einem Fuchsia-Ton, Karl tippte auf seinem Tablet, dem einzigen Gerät, das wir nicht angerührt haben, schließlich muss er das Buch über Glück schreiben. Im Notfall sind wir ja über das Festnetz erreichbar.

AUSSER MIR SCHLAFEN ALLE, die Panik hat mich geweckt, mir kurz versichert, dass sie noch da sei, und ist dann schnell wieder der Müdigkeit gewichen. Trotzdem ist mir das Einschlafen nicht mehr gelungen.

Ich sitze am Esstisch. Heute war ein Tag, an dem wir besonders darauf geachtet haben, nichts umzustoßen. Ein vorsichtiger Tag, an dem man nicht durch Zufall etwas Glitzerndes am Boden findet.

Jonas liegt seit vorgestern Abend im Bett. Er redet kaum. »Ist es dir draußen zu heiß?«, fragte ich ihn. »Ne, zu draußen«, sagte er, und damit war das Thema erledigt, so wie Themen immer erledigt sind, wenn man nur die Punkte am Satzende betont und sich dann zur Seite dreht, als wäre diese andere Seite irgendwie besser, als gäbe es da etwas dringend anzustarren. Dann sagt man meistens, dass man müde sei, obwohl man natürlich nicht müde ist, nur sind andere Foltermethoden illegal.

»Brauchst du etwas?«, fragte ich.

»Meinen Laptop. Ansonsten Ruhe.«

Ich stand im Türrahmen und wusste wenig zu sagen. Alles falsch, alles falsch. Ich wollte auf ihn zurennen, Jonas, Jonas, komm, wir machen etwas, irgendetwas, oder wenig, oder gar nichts, wenn das besser ist, Jonas, lass uns etwas planen oder zerstören oder gleichgültig sein, Hauptsache ein Uns. Stattdessen stand ich in der Tür, lange, dachte, dass er zumindest mein Ausharren honorieren könnte, ich war ja da, und meine Hilflosigkeit wenn schon nicht nützlich, dann doch zumindest unverlogen.

»Ich möchte ein Kind«, sagte Jonas dann nach ziemlich langem Schweigen.

Ich will kein Kind. Ich will auf gar keinen Fall ein Kind. Und da geht es nicht um das Kind an sich, also in der Form eines Kindes, was ja eine völlig okaye Form ist, sondern um die Angst, was da alles schiefgehen könnte. Vielleicht entwickelt es eine Menge Allergien oder möchte Kunstgeschichte studieren. Vielleicht sagt es später »zum Bleistift« statt »zum Beispiel« und findet das lustig. Vielleicht wird es drogenabhängig oder schließt ständig Probeabos ab. Vielleicht müsste es irgendwann etwas sehr dringend ausdrucken, eine Abschlussarbeit vielleicht, und genau dann wären die Patronen leer und die Geschäfte geschlossen und mein Kind wäre sehr unglücklich, und letzten Endes wäre ich daran schuld, weil Eltern letzten Endes ja immer an allem schuld sind. Ich sagte Jonas, dass das keine gute Idee sei, dass ich noch nicht bereit für ein Kind sei, dass wir erst einmal uns retten müssten.

Er sah mich etwas schräg vom Bett aus an und sagte, dass das Kind ja nicht von mir sein müsse, aber es müsste halt ganz eindeutig seins sein, ein Kind, mit dem man spazieren geht oder Fußball spielt und alle wissen: »Das ist mein Kind.« Ich sah ihn an, wie er fiebrig vor sich hin lamentierte.

Danach habe ich 390 Gramm lange am Strand herumgetragen und bin zurückgekommen ohne die müde Ruhe, die einem nach langen Strandspaziergängen versprochen wird.

An den Abenden redet fast nur noch Karl. Jonas lag im abgedunkelten Zimmer und sagte wenig, Emma-Lou bastelte aus alten Streichholzschachteln Bettchen für ihre Muscheln, viele Bettchen, sicher 12 Stück, alle Muscheln haben Namen von ihr bekommen, sie schrieb sie mit Filzstift auf die Schachteln, die Muscheln hießen Lisa und Angelina und Silvia und waren innen hohl. Leonie saß daneben und fragte: »Was bastelst du denn da?«

Emma-Lou antwortete nicht. Also fragte Leonie: »Schlafen die da?«

Emma-Lou antwortete nicht. Also sprach Karl, er holte weit aus, er möchte eine Sekte gründen, er sagte, nur Religion könne uns noch retten, das habe er beim Ratgeberschreiben erkannt. Ich hörte ihm zu, weil es sonst keiner tat. Allein schon aus Dankbarkeit darüber, dass überhaupt jemand redete. Irgendwann warf ich ein, dass keiner von uns gläubig sei, Karl erwiderte, das liege daran, dass die Illusion von Gott derzeit nicht glaubhaft sei, weil zu unattraktiv, man solle sich nur mal diese Päpste anschauen, das Ganze sei nichts anderes als eine schlechte Castingshow, an der niemand mehr teilnehmen wolle, der halbwegs etwas auf sich halte, aber das heiße ja nicht, dass nicht eine generelle Sehnsucht da sei. Das sei sie ja immer. Ich sah mich um. Drei Erwachsene und ein Kind in einem Raum mit Tür zum Meer. Draußen der Sommer, immer noch.

Maja hatte immer gesagt, dass nichts schlimm sei, außer, allein zu sein. Sie musste es wissen. Am ersten Tag am Gymnasium war sie alleine gekommen, nicht wie wir anderen mit den Eltern. Sie kramte aus ihrem Eastpak einen Zettel, auf dem sie den Klassenraum notiert hatte, ging dann zielstrebig darauf zu und setzte sich allein an ein Pult in der ersten Reihe, während die anderen sich von ihren Eltern verabschiedeten. Ich war umringt von den Mädchen, mit denen ich in der Grundschule gespielt hatte, aber ich war in einer Phase, in der ich viel zu Hause war und Bücher las, und damit konnten die anderen wenig anfangen, und so beschloss ich, es den Figuren aus meinen Lieblingsromanen gleichzutun und mich unverstanden zu fühlen.

Maja saß allein, aufrecht und strich sich die goldenen Locken aus dem Gesicht. In den Büchern, die ich damals las, ging es viel um Freundschaft, und ich ahnte, dass die Freundschaften dort tiefer und ernsthafter waren, als ich sie von meinen Klassenkameradinnen kannte. In den Büchern befreundete man sich, weil man ein stilles Einverständnis hatte und weil man wusste, wie traurig das Leben eigentlich ist. Meine bisherigen Mitschüler wussten das ganz sicher nicht, und so hatte ich die Sommerferien damit verbracht, mich nach jemandem zu sehnen, der es wusste.

Ich setzte mich neben Maja. Sie rückte etwas weg von mir und schaute mich feindselig an. Ich fragte sie, ob sie in der ersten Reihe sitze, um mehr vom Unterricht mitzubekommen, und sie antwortete: »Nein, ich sitze hier, weil ich dann die anderen nicht sehen muss.« Mir wurde klar, dass es noch eine ganze Weile dauern könnte, bis sie endlich kapieren würde, dass uns eine tiefe und ernsthafte Freundschaft verbindet, mit stillem Einverständnis, wie in den Büchern.

Nun saß ich in einem Strandhaus, sah auf den Laminatboden und ließ Karl weiter seine Sektenidee abspulen.

Alles eine Frage der Performanz, sagte er, man müsse halt eine geile Sekte werden, mit Exzess und Neo-Science und Hypnosetherapie, Stichwort Durchlässigkeit. Und dann bräuchte man nur etwas, das die Gruppe zusammenschweiße, eigentlich egal, was, man könne aber traditionell sein und einfach etwas opfern. Zum Beispiel die Mädchen von Charles Manson, hübsche Mädchen, die nur durch Zufall nicht in einer Band spielten oder Friedensdemos organisierten, sondern gemeinsam Hollywood-Stars töteten.

»Nichts schweißt eine Gruppe enger zusammen als

ein gemeinsamer Mord«, sagte Karl, und ich dachte: Doch, nette Grillabende zum Beispiel.

Wenn er sehr aufgeregt redet, bilden sich steile Falten zwischen Karls Brauen, und ich glaube, er hat große Angst vor dem Altwerden.

WEIL DAS WETTER GLEICH BLEIBT, verschwimmen die Tage. Jonas liegt einsilbig im Bett, das ganze Zimmer riecht nach Bettlägerigkeit.

Ich habe 390 Gramm neben sein Kopfkissen gesetzt, die sich kaum noch bewegt. Emma-Lou stand daneben und lachte. Jonas schlug die Schildkröte vom Bett und traf dabei Emma-Lou. Sie fiel um von der Wucht, stand sofort auf, sah Jonas ungläubig an, und umarmte ihn dann. Jonas hielt sie fest, murmelte, entschuldige, entschuldige, und ließ eine ganze Weile nicht los, dabei dachte ich, das Nichtloslassen habe er schon vor langer Zeit verlernt.

Karl kam immer wieder herein, er brachte Dinge, die Jonas nicht wollte, Tee, eines von seinen Sachbüchern. Jonas sagte, er wolle lieber heim, er könne ja Emma-Lou mitnehmen, Karl sagte, das gehe nicht, und verließ das Zimmer. Mit Dingen, die nicht gehen, kannte Karl sich aus, was nicht ging, war, Miesmuscheln ohne Weißwein zuzubereiten, was nicht ging, waren schlechtgelaunte Tage am Meer, was nicht ging, waren Abweichungen von seinen Plänen.

»Wir veranstalten eine Party«, sagte er stattdessen, denn Partys waren auf der Liste der Dinge, die immer gingen. Jonas gab einen unwilligen Laut von sich und drückte sein Gesicht ins Kissen. Karl sagte, eine Party sei genau das Richtige, dann könnten wir allen zeigen, wie glücklich wir seien. Ich sah Karl an, er bemerkte meinen Blick und schob schnell hinterher, dass es für uns ja völlig unmöglich sei, zu begreifen, wie gut wir es hätten, manchmal helfe da ein Blick von außen.

Ich lief in den Garten zu Leonie, die gerade den Tisch deckte und fragte sie, was sie von einer Party halte. Sie lächelte und fragte, ob das Karls Idee gewesen sei, und ich lächelte auch ein bisschen und sagte, ja, das sei Karls Idee gewesen. Leonie setzte die Teller ab und sagte, dann sei es doch eine gute Idee.

Als ich das Haus durch die Terrassentür wieder betrat, telefonierte Karl. Er sagte immer wieder, ja, er wisse, dass er mit einem Metzger spreche, aber dass das Schild an der Tür doch eindeutig Catering anbot, und wir bräuchten eben auch vegetarische Gerichte, und dann sagte er noch sehr oft, er verstehe ja.

Ich legte mich neben Jonas ins Bett und kroch zu ihm unter die Decke, aber er versteifte, fragte knapp, was Emma-Lou gerade mache, und schloss dann wieder die Augen. Ich fragte ihn, was denn genau so schlimm sei, aber er schüttelte nur den Kopf, als sei ich generell nicht in der Lage, sein Leiden nachzuvollziehen. Dabei kann ich das. Ich verstehe das Herumliegen und Nicht-aufstehen-Können, und das Kurz-Aufstehen-und-schnell-wieder-Hinlegen. Jeder Unglückliche denkt, er sei der Einzige auf der Welt, dem es so schlecht geht, und jeder Unglückliche weiß, dass das nicht stimmt und trotzdem stimmt.

Ich wusste nicht weiter. Ich wollte, dass Jonas' Unglück ein großes Missverständnis war, etwas, über das wir in ein paar Jahren lachen würden. Ich würde sagen: »Weißt du noch, als du damals zwei Tage beleidigt warst, wegen dieses Missverständnisses«, ich würde sagen: »Weißt du noch, du warst richtig sauer«, und Jonas würde grinsen und sagen, dass er noch wisse, dass er sich daran erinnerte, wie sauer er war, und dann würden wir lachen, über dieses große, alberne Missverständnis, das uns zwar zwei Tage versaut hatte, uns aber jetzt, noch Jahre später, zum Lachen brachte.

Doch es gab kein Missverständnis, zumindest keins, das ich aufklären konnte, und so lag ich neben Jonas und versuchte stattdessen, ihn von einer Feier zu überzeugen, die mir egal war, um zu retten, was schon kaputt schien.

Nach dem Abendessen saßen wir bei einem Glas Wein am Küchentisch, Karl schrieb über Glück, Leonie schrieb To-do-Listen. Sie freute sich auf die Feier, sie freute sich auf die Zusammenstellung der Gäste- und der Musiklisten, sie freute sich auf Crémant und Wodka, sie freute sich darauf, Leute zu umarmen, sie freute sich auf die kurzen Blicke, die wir uns als Gastgeber zuwerfen würden, wenn die Party in vollem Gange ist. Irgendwann fragte sie mich nach Jonas, wie es ihm gehe, und schob hinterher, dass es schon schade sei, dass wir nicht fest zusammen seien, als klassische Zweierinstanz, denn jetzt wäre ein guter Zeitpunkt, um Schluss zu machen. Dabei enden Beziehungen doch immer schon lange bevor einer Schluss macht.

IMMER NOCH KEINE MAIL VON MAJA. Dabei kann man nicht ewig auf Pointen warten, das weiß auch Maja.

Jonas liegt immer noch im Bett, ich weiß nicht, wie schlimm es ist. Man weiß ja eh selten genug, wann etwas wirklich schlimm ist.

Wenn ich gejammert habe, hat Maja immer gesagt: »Jammer nicht so, denk an Afrika.« Damit war nicht das Land gemeint, sondern ein Mädchen zwei Stufen über uns, das für eine Zeit nach Afrika gereist war, um auch mal Selfies mit großäugigen, afrikanischen Babys zu machen. So für das Gefühl. Und um zu helfen. Also nicht wirklich, aber gefühlt. Und Gefühle sind ja schließlich das Wichtigste, zumindest bis man 20 ist und dann noch die restlichen Jahre bis zum Tod.

Afrika durchquerte also ein bisschen den Kontinent und freute sich, weil alle sie so besonders fanden und weil sie sehr schnell sehr braun wurde und weil das Freuen ja auch dazugehörte, sonst hätte sie ja gleich daheimbleiben und ein freiwilliges soziales Jahr in einer Kultureinrichtung absolvieren können, zum Beispiel im Stadttheater. Kultur fand »Afrika« nämlich auch interessant.

Aber so sah sie sich eben viele sandige Länder an und einige, von denen sie bei der Rückkehr sagen konnte, dass sie gar nicht so sandig seien, wie immer alle behaupten, vor allem nicht während der Regenzeit, und überhaupt verallgemeinern Europäer da viel zu sehr. Und irgendwann auf der Reise fühlte sich »Afrika« plötzlich ganz besonders wohl, richtig angekommen, weil dieser Kontinent eben doch die Heimat der Menschheit war.

Irgendwann auf ihrer Reise lernte sie eine Frau kennen, die so fröhlich war, wie wir es in Europa niemals sein können, weil wir einfach nicht verstehen, dass Geld eben doch nicht glücklich macht.

Und weil die Frau so zutraulich guckte und so blitzende Zähne hatte und so schön lachte, überdachte »Afrika« mal alles und wollte Konsequenzen ziehen, also so richtige, so echte. Die erste Konsequenz zum Schritt in ein Leben mit afrikanischer Lebensbejahung waren Dreadlocks. Die Frau verfilzte ihr also die Haare, ein Versprechen auf das große Glück. Das war zwar nicht schön, aber »Afrika« hatte auf dieser Reise gelernt, dass Schönheit von innen kommt, denn man sieht nur mit dem Herzen gut, das steht im *Kleinen Prinzen*, eine zerfledderte Ausgabe davon schleppte sie die ganze Reise mit sich herum, damit sie nicht unterwegs vergaß, dass man nur mit dem Herzen gut sieht. Und dann landete sie in Ghana, und weil sie sich ein bisschen in einen belgischen Backpacker verliebt hatte und weil alles so viel schöner war als der Vorort, aus dem wir kommen, wollte sie sich die Umrisse des Landes auf die Schulter tätowieren lassen. Als Erinnerung. An die Heimat der Menschheit und an den belgischen

Backpacker. Also lief sie zu einem Tätowierer, dessen Englisch leider nicht so gut war. Und weil der Tätowierer ein vernünftiger Mann war, verstand er nicht, warum sich ein deutsches Mädchen die Umrisse Ghanas tätowieren lassen wollte, rief auf seinem Smartphone »google Bilder« auf und tätowierte ihr stattdessen großflächig die Bundesrepublik auf den Rücken.

Dem Gerücht nach verlor »Afrika« allerdings beim Blick in den Spiegel schnell die mühsam antrainierte afrikanische Fröhlichkeit und wurde gleich ganz deutsch und kleinlich und beharrte auf der Rückgabe des Geldes, weil Deutschland ja nun wirklich nicht Ghana sei. Und das, sagte Maja, sei einer der Momente, in denen man sich ganz sicher ist: Ein Tattoo der Bundesrepublik auf dem Rücken: Das ist schlimm, und über den Rest brauche man nicht jammern. Sie erzählte mir die Geschichte, wie gesagt, häufig, am Anfang war das Tattoo nur klein und hinter dem Ohr, später bedeckte es das Schulterblatt, am Ende den ganzen Rücken. Die einzige Konstante war, dass Maja sich danach jedes Mal ausschüttete vor Lachen.

Ich überlegte, ob ich Jonas die Geschichte zur Aufheiterung erzählen sollte, aber dann hätte ich auch Maja erwähnen müssen.

Am Nachmittag unternahm ich einen Spaziergang zur Strandbar. Zwei Teenager erkannten mich und versuchten, unauffällig Bilder zu machen, ich flüchtete gemeinsam mit 390 Gramm zurück ins Haus.

Der Schildkröte gefällt der Urlaub, aber manchmal guckt sie ganz komisch, wenn sie in Salat beißt und flüstert, dass das eigentlich kein Urlaub sei, sondern dass hier etwas passieren wird. Konkreter wird sie nicht, und wenn man sie fragt, was bitte dieses »es« sein soll schüttelt sie vielsagend den Kopf und meint, sie habe keine Ahnung, sie sei schließlich eine Schildkröte.

ES IST SPÄT. Ich sitze vor Karls Tablet. Keine Nachricht von Maja. Ich habe ihr eben geschrieben, sie solle sich melden und bloß nicht glauben, ich würde am 20. zu einer getürkten Beerdigung fahren, nur um dann festzustellen, dass es sich eigentlich um ihre Hochzeit handelt.

Ich war mit Leonie und Emma-Lou in der Stadt oder was hier oben einer Stadt am nächsten kommt. Leonie wollte sich ein Kleid für die Party kaufen, was Emma-Lou wollte, wussten wir wie üblich nicht. Sie hielt 390 Gramm im Arm und lief gut einen Meter hinter uns. Ich fragte Leonie, ob sie sich nicht Sorgen mache, weil Emma-Lou nie spricht, und Leonie schaute mich an und sagte, dass sie sich eher Sorgen machen würde, wenn Emma-Lou so viel Unsinn redete wie ich.

Im Zentrum standen viele junge Menschen auf den Straßen, drückten uns Flyer in die Hand und guckten uns halb trotzig, halb flehend an. Die Sonne brannte auf den Asphalt, und die jungen Menschen mussten da stehen mit ihren Promoterjacken, die viel zu dick waren, und uns Flyer reichen, und natürlich sagte niemand »danke« oder »interessant«, weil es keine interessanten Flyer gibt.

Am Abend schlug ich vor, dass wir uns betranken. Wenig sprach dagegen, nur Jonas weigerte sich. Immerhin konnten wir ihn überreden, stattdessen die Einladungen für unsere Feier zu gestalten. Zum Zeichnen musste er das Bett verlassen, und als er schließlich im Wohnzimmer stand und fahrig nach seinen Stiften griff, war ich mir sicher, dass die Party eine gute Entscheidung war.

Karl, Leonie und ich gingen in eine sehr düstere Kneipe, eine, in der alte Anker hängen und die Wände hellgelb angemalt sind, damit Touristen glauben, es sei verraucht. Eine Bar, in der es eine Jukebox gibt, die für ein paar Cent alte Seemannslieder und David Bowie abspielt. Es gibt in jeder Stadt so eine Kneipe, in der man sich zu jeder Uhrzeit betrinken kann, ohne dass man dafür blöd angeschaut wird, es sind die Kneipen, in denen man zu Recht nicht bedient wird, wenn man Dinge wie »Weißweinschorle« oder »Aperol« oder »Bitte« sagt, und in denen der Wirt immer ein siffiges Fußballtrikot trägt, mit Sponsoren drauf, die schon lange insolvent sind. Der Kiepenkerl war so eine Kneipe, düster und unfreundlich.

Der traurige Barkeeper bediente uns sehr langsam, wie in Zeitlupe, und Karl sagte, dass die Langsamkeit anhalten würde, dass alles sogar noch langsamer werden, bis wir alle keine Luft mehr kriegten, nur die Feier könne uns dann noch retten.

Ich versuchte, zwei Zehncentmünzen auf der Kante balancieren zu lassen, Leonie gähnte, sagte zweimal, sie sei müde, bis Karl ihr schließlich den Haustürschlüssel gab und sie bat, ihn später unter die Fußmatte zu legen.

Als sie gegangen war, erzählte er wieder vom Glück und wie einfach es eigentlich zu haben sei. Irgendjemand stellte in der Jukebox eines der Lieder an, die man sofort mitsingen kann, obwohl man nicht weiß, von wem sie sind, und als Leonie ging, stellte der Barkeeper ungefragt zwei Lokalschnäpse vor uns, die wahrscheinlich »Kleiner Anker« oder »Gischt« hießen, und ich erinnerte mich, dass Karl und ich hier schon mal waren, vor Jahren. Wir stießen an, der Barkeeper brachte uns sofort zwei neue Schnäpse, erinnerte sich offensichtlich an uns, wir stießen an, ich sagte, dass wir hier schon mal gewesen waren, und Karl sagte, bestimmt, wir stießen an, ich sagte, damals, und Karl sagte, heute, wir stießen an und dabei ein anderes Glas um, und dann stießen wir noch einmal an und beeilten uns, schneller auszutrinken als der andere.

Ich trank an gegen den Winter, in dem Karl mit Yoga anfing, um die Depression in den Griff zu kriegen, den Winter, in dem er immer öfter fortblieb, dem Winter, in dem sehr klar wurde, dass offene Beziehungen nur eine Rettung für etwas sind, was nicht mehr gerettet werden will, zumindest von einer Partei nicht, zumindest von Karl nicht. Gegen den Winter, in dem Karl morgens nur noch warmes Zitronenwasser trank, und Morgen, in denen ich meine Zigaretten in den liegengelassenen Zitronenhälften ausdrückte und wartete, bis er wieder nach Hause kam. Das passierte meistens.

Ich trank an gegen den Winter, in dem Karl auf den Frühling hoffte und ich ihn an unseren Herbst erinnern wollte. Der Winter dauerte einige Jahre und blieb noch Metapher, als er schon Realität war. Ein langer Winter, und am kältesten Tag schob Karl mich von sich weg, sagte, dass er jetzt weniger Sex brauche, weil er seine Mitte gefunden habe. Der Winter, in dem ich lange darauf wartete, dass Karl sich wegen der Mitte von mir trennen und mit ihr ein neues Leben beginnen würde. Der Winter, in dem ich inständig hoffte, ihn bei etwas zu erwischen, auch wenn gar nicht klar war, was dieses Etwas sein sollte, wie es aussah und was sich dann ändern sollte. Der Winter, in dem es dann doch ganz anders kam, der Winter, in dem es klingelte, Karl die Tür öffnete, mich fest in den Arm nahm und mir die Mitte vorstellte. »Das ist Leonie«, sagte er. Er stellte sie mir nicht als eine Bekannte, nicht als eine Kollegin, nicht als eine Affäre vor, sondern als jemanden, der künftig eine Rolle in unserem Leben spielen werde. Er sagte tatsächlich: »Das ist Leonie, sie wird künftig eine Rolle in unserem Leben spielen«, und ich sagte wenig und hasste den Frühling, der jetzt angebrochen war und bei dem ich nicht mitmachen durfte. Leonie stand in der Tür, einen kleinen Koffer in der Hand, und sagte, dass wir uns sicher gut verstehen würden.

»Sharing is caring«, sagte Karl und küsste mich auf

die Stirn. Ich bot Leonie einen Kaffee an. Weiße Zähne blitzten aus vollen Lippen hervor, nein, sie vertrage kein Koffein und ob sie kurz duschen könne. Ich weiß noch, dass ich damals schon bemerkte, wie lange sie im Bad blieb, wie lange das Wasser lief, fast eine halbe Stunde lang, und in dieser halben Stunde deckte Karl den Kaffeetisch, er breitete eine rote Tischdecke aus, er deckte sogar Kuchengabeln, ich wusste nicht einmal, dass wir Kuchengabeln besaßen. Dann warteten wir auf Leonie, an einem Tisch mit drei Gedecken. Karl sagte, Leonie sei sehr nett, wir würden uns sicher gut verstehen und dass jetzt eine spannende Zeit für uns drei anbrechen, weil Leonie für eine Weile bei uns einziehen werde. Ich sagte: »Seit wann haben wir Kuchengabeln?«

Als Leonie schließlich aus dem Bad kam, lächelte sie und sagte, dass sie sich erst einmal hinlegen wolle, ob das in Ordnung sei, sie sei todmüde und müsse in einer Stunde Emma-Lou von der Kita abholen.

»Emma-Lou?«, sagte ich und guckte Karl an.

»Das wird eine sehr spannende Zeit für uns«, sagte Karl noch mal und ging Leonie hinterher. Vor der Schlafzimmertür drehte er sich noch einmal um und sagte, dass er die Tür angelehnt lassen werde, als Vertrauensbeweis, und dass mein Haar heute sehr schön falle, so schön wie schon lange nicht mehr.

Der Winter war lang und endete erst im Hochsommer.

Und heute saßen wir in dieser Kneipe, seit langer Zeit nur wir zwei, wir tranken zügig und wunderten uns über die Dinge, die nicht passierten, Dinge, die keiner sagte, sondern die nur groß im Raum herumstehen und uns seltsam angucken wie sehr scheue Elefanten. Wir tranken, und wenn die scheuen Elefanten doch aus Versehen etwas umstießen, sprachen wir schnell über die Feier, darüber, dass wir guten Wodka bräuchten und ob die Einladungen wohl pünktlich genug eintreffen würden, und ich sagte: »Ja, guter Wodka« und »Bestimmt treffen die Einladungen pünktlich ein«.

VON MAJA KOMMT NACH WIE VOR KEINE NACHRICHT. Stattdessen E-Mails von meiner Agentin. Ich öffnete sie nicht, sondern überflog nur die Betreffzeilen (»Melde dich, bitte«, »Melde dich, BITTE«, »MELD DICH ENDLICH, WIE STELLST DU DIR UNSERE ZUSAMMENARBEIT EIGENTLICH VOR!!!!«, »Sorry für die letzte aggressive mail, melde dich, bitte«, »Ich vermisse dich« und »Ich meine unsere Zusammenarbeit, die vermisse ich«).

Ansonsten war ich heute vor allem müde. Die Panik weckte mich, kämpfte sich am Kater vorbei und lag morgens um fünf wieder zutraulich neben mir im Bett, dort, wo Jonas eigentlich liegen sollte, aber der lag neben Emma-Lou und atmete ruhig.

Ich schlief nicht mehr ein, lag nur unruhig im Bett und vertrieb mir die Zeit damit, wirre Träume und Realität auseinanderzuhalten. Ich wünsche mir redliche Müdigkeit. Müdigkeit von langen Arbeitstagen. Müdigkeit vom Rudertraining. Müdigkeit von anstrengender Lektüre.

Vielleicht sollte ich Mathematik studieren. Vielleicht sollte ich Eisenpräparate zu mir nehmen. Vielleicht sollte ich mich für Obdachlose engagieren. Ich könnte ein Crowdfunding-Projekt ins Leben rufen. Mich in Stand-up-Comedy versuchen. Mal wieder meine Großmutter anrufen. Meinem Bruder ein Geschenk kaufen. Einen Hund aus einer Tötungsstation adoptieren. Fachliteratur über Astrophysik lesen. Eine neue Serie beginnen. Nähen lernen. Einen Garagenflohmarkt organisieren. Analog fotografieren. SM-Praktiken ausprobieren. Asien bereisen. Mein Passwort ändern. James Joyce verstehen. Tauchen lernen. Verkehrsinseln bepflanzen. Einen Apfelkuchen backen. Spanisch lernen. Ich könnte bei der Serie einschlafen, ich könnte in Asien krank werden, ich könnte Spanisch wieder verlernen.

Am Tag lagen wir erst am Pool und dann am Strand herum, weil man das eben so macht, im Sommer. Emma-Lou war bei Jonas im Haus, Karl, Leonie und ich sagten abwechselnd, dass das Wasser aber kalt sei und dass wir Sonnencreme auftragen sollten. Als uns das zu langweilig wurde, fragte Karl, wann ich denn nun endlich meinen Job aufgeben würde. Karl hat schon oft gefragt, ob es mir egal sei, dass ich mein Leben so verschleudere. Er fragt es, weil er andere Sachen lieber nicht fragen wollte, weil andere Fragen mehr mit ihm zu tun gehabt hätten. Er fragte es, wenn wir im Restaurant zu lange auf unser Essen warteten, er fragte es, wenn wir im Stau standen. Er fragte es, wenn der Videostream hakte. Immer wieder der gleiche Blues.

»Diese Formate machen dich kaputt«, sagte er heute, richtete sich von seinem Handtuch auf und versuchte, sehr eindringlich zu gucken. Dabei ignorierte er den Sand, den ihm der Wind in die Augen gefegt hatte. Karls Augen reagieren sehr sensibel auf Reizungen, das war schon immer so, und mit den roten Augen und seinem hektischen Gelaber wirkte er etwas bekifft.

»Diese Leute machen dich kaputt. Die fressen deine Seele auf. Die machen dich kaputt.« Ich wartete, bis er endlich fertig war. Es hat keinen Sinn, Karl zu widersprechen. Dabei mag ich meinen Job wirklich. Die Menschen am Set und beim Sender sind nett, und keiner erwartet von mir, dass ich mich selbst verwirkliche. Es ist nicht anstrengend, mit Hausfrauen shoppen zu gehen, es ist nicht anstrengend, jung und frisch zu wirken, zumindest nicht, solange man jung und frisch ist. Jonas arbeitet in einer Werbeagentur, aber im Gegensatz zu mir wird ihm nie mangelnder Idealismus vorgeworfen.

Ich fragte Karl, warum er ständig auf mich einredete und nie auf Jonas. Leonie drehte ihr Buch um, blinzelte in die Sonne und sagte, dass Männer eben gern Frauen die Welt erklärten. Karl sagte ihr, sie solle mal kurz die Luft anhalten, und erklärte mir, dass Jonas ja wenigstens was Kreatives mache.

Ich stand auf und lief ein Stück weit ins Wasser hinein. Es war wirklich noch sehr kalt. In langsamen Zügen schwamm ich bis zur Boje. Ich wollte, dass ein Sturm kam, ich wollte, dass man mich aus dem Wasser rettete, die Wellen würden hochschlagen, später würde ich in eine Decke gehüllt sein, ich würde versichern, dass es mir gutgehe, und Jonas würde noch einmal nachfragen und mir dann einen Tee bringen, und es würde überhaupt keine Rolle spielen, wie kreativ mein Job war.

Ich schlug fest gegen die Boje. Das Meer war glatt wie selten zuvor, der Strand war nah, das Ufer war so lächerlich erreichbar, dass Ertrinken keine Alternative zu meiner Wut darstellte. Immer wenn ich versuchte, mich zu verteidigen, und sagte, dass mir der Job vor der Kamera Spaß mache, lächelte Karl und schlug vor, wieder die Online-Sachen zu machen.

Die »Online-Sachen« waren wahrscheinlich mein demütigendster Job überhaupt. Vor den Lifestyleformaten hatte ich schlecht bezahlte, zwanzigminütige Filmchen gedreht, die das Onlinemagazin später höhnisch als »Dokumentationen« ausschrieb. Allein das Wort und die Tatsache, dass ich mit den Filmen quasi kein Geld verdiente, machten es für Karl zu einer »guten« Tätigkeit. Sie erlaubten ihm, zu sagen, seine Freundin sei Dokumentarfilmerin, und sie erlaubten ihm, mir immer wieder kleine Beträge zu überweisen, für die ich mich dann ausgiebig bedanken musste. Karl sagte dann, wir gehören schließlich zusammen, und ich sagte, dass ich es ihm bald zurückzahlen würde.

Meine Aufgabe für das Onlinemagazin war es, hip zu sein, in Clips, die zeigten, wie ich Menschen besuchte, die entweder verdreckte Wohnungen, vernachlässigte Kinder oder kuriose Fetische hatten. Manchmal auch einen Waran. Zusammen mit Dirk, dem Kameramann, der sich selbst »Kamerafuzzi« nannte und ständig Kaugummi kaute, stand ich morgens also häufig in verlebten Wohnungen und sagte Dinge in die Kamera wie: »Wow, spannendes Lebenskonzept habt ihr, echt besonders«, oder: »Einen Zwölfjährigen stillen, na, das nenn ich mal Mutterliebe.«

Nur einmal hatte ich bei einem solchen Dreh nette Leute kennengelernt, ein Paar, das sein Geld damit verdiente, dass er sie mästete und Videos von ihr beim Pizzaessen ins Internet stellte.

Sie trug einen Bast-Bikini, als sie mir die Tür öffnete, und wog locker zweihundert Kilo. Ihr Freund stand stumm neben ihr. »Voll geil, dass ihr euch so verwirklichen könnt, super«, sagte ich. Der sehr dünne Freund sagte, dass es ihm eigentlich nicht so um die Verwirklichung gehe, sondern dass er einfach auf dicke Frauen stehe. Dann schob er seiner Freundin ein Stück Toblerone in den Mund und bat mich ins Wohnzimmer. Die beiden setzten sich auf das Sofa. Hinter ihnen auf der Couchlehne war ein Stoffalf drapiert. Ich schämte mich und sagte gar nichts. Eine Zeitlang war es still. Der Kameramann schüttelte genervt den Kopf. Schämen war nicht mein Job, das erledigten andere, meistens die Zuschauer.

Ich wollte dem Mädchen sagen, dass es mir leidtat, ich wollte ihrem Freund sagen, dass das hier keine gute Idee sei. »Und was ist euer Ziel, so auf lange Sicht«, fragte ich stattdessen und grinste in die Kamera. Der Kameramann streckte euphorisch den Daumen in die Luft und blies eine rosafarbene Kaugummiblase. Für freche Reportermädchen gab es Klicks, und Klicks brachten neue Aufträge. Keiner von uns war festangestellt. Es war kalt da draußen.

»Bis Ende dieses Jahres die 250-Kilo-Marke knacken und eine HD-Kamera anschaffen, das wäre toll«, sagte das Mädchen und lächelte ihren Freund an. Er küsste sie auf die Stirn, und ich war neidisch.

Ich stieß mich von der Boje ab und schwamm zurück ans Ufer. Leonie las wieder in ihrem Roman, Karl tippte auf seinem Tablet herum. Sein Buch über das Glück müsste bald fertig sein. Es ist unfair, dass ich ohne Talent unglücklich bin, während er damit Geld verdient. Unglück ist etwas für Leute mit Talent, die darüber Bücher und Songs schreiben können, von denen sich dann Leute ohne Talent, wie ich, verstanden fühlen. Ohne Talent unglücklich zu sein, ist sinnlos. Unglück ist etwas für Menschen, die später in Interviews sagen können, dass sie damals in einer dunklen Phase steckten. Menschen, die niemals Interviews geben werden, sollten diese dunkle Phase nicht haben müssen.

Ich ging nach drinnen und sah nach, ob mir Maja geschrieben hatte, aber der Posteingang war leer, selbst meine Agentin hatte sich nicht wieder gemeldet, als gäbe es wirklich nur noch dieses Haus, dieses Stück Strand und diese Wellen.

BISHER LÄSST SICH DIE PANIK, entgegen den Prophezeiungen meines Therapeuten, wenig davon beeindrucken, dass ich sie jeden Tag dokumentiere. Mondlicht fällt durch die Fenster, ansonsten ist es stockfinster. Ab und an höre ich Karl schnarchen, ich kann nicht schlafen und warte auf Jonas und Emma-Lou. Die beiden sind immer noch nicht zurück. Leonie liegt neben mir und dreht sich unruhig von einer Seite zur anderen. Der Tag war eigentlich gut, wir saßen am Nachmittag lange im Wohnzimmer und besprachen die Feier. Emma-Lou kauerte auf dem Boden und malte mit Filzstift Hakenkreuze auf 390 Gramms Panzer von einem alten Nachrichtenmagazin ab. 390 Gramm hielt ganz still. Leonie saß daneben und versuchte, Emma-Lou sanft zu erklären, dass der Adolf Hitler ein ganz böser Mann gewesen sei.

»Der hat den Kindern die Spielsachen weggenommen«, sagte sie.

»Blödsinn, Leonie, hör doch bitte auf, deinem Kind so eine Scheiße zu erzählen.« Jonas stand im Zimmer. Frisch rasiert, im Anzug, wie üblich, wie früher. Emma-Lou ließ den Stift fallen und sah aufmerksam in seine Richtung. Jonas lächelte und sagte: »Komm, wir gehen Muscheln sammeln«, und ich lächelte, und Jonas sagte: »Nicht du, die Kleine.«

Er nahm Emma-Lou auf den Arm und trug sie aus dem Zimmer, und ich sagte nicht, dass ich bisher seine Kleine gewesen war, dass wir zusammen Muscheln sammeln gehen sollten, dass mündliche Verträge auch galten, dass man sie nicht einfach brechen durfte, indem man die Abmachungen ignorierte, und die Abmachung war, dass wir uns liebten.

»Gehst du mit?«, fragte Karl Leonie.

Sie zuckte mit den Schultern. Gleichgültig sammelte sie Emma-Lous Stifte auf, gleichgültig nahm sie eine Zeitschrift vom Tisch, gleichgültig blätterte sie darin herum, bis Karl sie ihr aus der Hand nahm und wegschmiss. Sie sah kurz auf, dann schaute sie geradeaus, in Richtung des Computertischs und noch ein Stück dahinter, wo ja alles liegen konnte. Ich wusste bei Leonie nie, ob sie darüber nachdachte, sich die Wimpern zu tuschen oder sich das Leben zu nehmen.

»Ich glaube, ich möchte wieder ein Handy haben«, sagte ich, »für den Job.«

»Und wofür brauchst du den Job?«, fragte Karl.

»Miete zahlen?«

»Du zahlst hier keine Miete.«

»Aber irgendwann fahren wir wieder nach Hause.«

»Das haben wir noch nicht entschieden«, sagte Karl, weil Karl an solchen Stellen immer so etwas sagt.

Ich weiß nicht, warum ich mich nicht wehrte, ich weiß nicht, weshalb mein Leben generell so anders aussieht, als ich es mir mit zwölf vorgestellt hatte.

»Grins mal, Leo!«, sagte Karl, und Leonie grinste mechanisch und ohne aufzublicken.

»Tu doch nicht immer alles, was man dir sagt«, sagte Karl, »du musst dir deine Unabhängigkeit bewahren, um auf lange Sicht attraktiv für uns zu bleiben.« Leonie murmelte, sie würde sich Mühe geben und ob Jonas eigentlich gesagt habe, wann er mit Emma-Lou wiederkäme. Das hatte er nicht.

Am Abend waren Jonas und Emma-Lou immer noch nicht zurück vom Muschelsammeln. Wir machten Spaghetti, wir machten Abwasch, wir machten viel, um uns keine Sorgen zu machen, weil Sorgen bedeutet hätten, dass wir Jonas nicht vertrauten, und das taten wir ja, denn das war die Abmachung. Leonie sprach davon, dass Abenteuer und frische Luft gut für die Entwicklung der Kinder seien, und Karl und ich nickten ein bisschen zu schnell und ein bisschen zu heftig und sagten »auf jeden Fall« und erzählten von aufregenden Nachtwanderungen, die wir als Kind nie gemacht hatten.

Wir öffneten eine Flasche Rotwein, und Leonie schenkte zügig nach, wir erzählten immer mehr von Nächten aus unserer Kindheit, wie wir mal beim Zelten beinahe auf eine Blindschleiche getreten waren, wie wir aus Wut auf unsere Eltern mal beschlossen hatten, von zu Hause abzuhauen, und wie unsere Flucht 200 Meter weiter geendet hatte, im Holzhäuschen vom Spielplatz gegenüber. Maja erwähnten Karl und ich an keiner Stelle, und es war schwierig, über Kindheit zu sprechen, wenn man das aussparte, was sie ausgemacht hatte. Wir lachten etwas zu laut über unsere Anekdoten, wir tranken eine zweite Flasche Wein, wir sagten nicht, dass es ja schon ganz schön spät sei.

Ich fragte Karl, warum wir eigentlich unsere Handys zerstören hatten, und er antwortete fahrig, dass wir gerade eine etwas kritische Zeit durchlebten und da wäre jede noch so kleine Ablenkung Gift für uns. Er fing an, über sein Buch zu reden und über das Glück der Selbstbeschränkung.

»Das Unglück liegt in der Verfügbarkeit von Alternativen«, sagte Karl, klopfte auf die Tischplatte und sagte dann sehr schnell und sehr leise, dass es in Wirklichkeit natürlich keine echten Alternativen gebe, echte Alternativen gebe es nicht, weil wir nun mal zusammengehörten.

»Uns vieren gehören die müden Blicke kurz vor dem Einschlafen, uns gehört die kurze Stille nach dem Sex, uns gehört der Streit über die richtige Zubereitung von Miesmuscheln, uns gehört die Zeit, die hinter uns liegt, und auch die, die noch kommt, und die Zweifel, ob diese Jahre wirklich kommen werden, die gehören ebenfalls einzig und allein uns«, sagte er und leerte sein Glas in einem Zug.

Leonie lachte und fragte, woher diese Verlustangst denn plötzlich komme, natürlich gehörten wir zu ihm, und wo wir denn sonst hingehen sollten. Ich dachte: Nach Hause.

Wir saßen um den Tisch herum, es wurde zehn, es wurde elf, es war längst Schlafenszeit für Emma-Lou. Leonie schlug leise vor, eine Nachtwanderung zu machen, das wäre doch schön, vielleicht an den Strand, vielleicht träfe man da ja Emma-Lou und Jonas. Karl und ich nickten, das sei eine super Idee, sagten wir, draußen sei es ja auch noch so warm, wahrscheinlich bräuchte man gar keine Jacke, sagte Karl, und als wir gleichzeitig aufstanden, stießen wir dabei die Stühle um.

Im Haus fanden wir eine alte Taschenlampe, wohl aus der Zeit, in der Karls Eltern hier noch Urlaub gemacht hatten, ein altes Ding mit einem Dynamo, das man durch Handarbeit antreiben musste, und so liefen wir in die Nacht, abwechselnd betrieben wir die Lampe. Wir leuchteten auf den Boden und guckten uns ganz zufällig um. Ich fragte, ob wir nicht Muscheln suchen sollten, das wäre doch schön, und wir starrten den Sand an, hoben ab und zu eine Muschel auf, sagten: »Guck mal, die nehm ich mit«, und wussten, dass wir nicht Muscheln suchten, sondern Abdrücke im Sand, zwei kleine, zwei große.

ES IST TIEF IN DER NACHT, Jonas und Emma-Lou sind immer noch nicht zurück. Gestern Abend sind wir erst spät ins Bett gegangen. Zweimal schlug Leonie vor, Jonas anzurufen, zweimal fiel uns ein, dass wir seine Nummer nicht wussten und die Handys, in der sie eingespeichert war, allesamt zu Elektromüll geworden waren. Wir konnten nur warten, bis er wiederkam oder uns über das Festnetztelefon anrief. Also verbrachten wir den Abend damit, Leonie zu versichern, Emma-Lou sei in guten Händen, Jonas sei ja nun kein Fremder, und Leonie sagte, das sei er bei Gott nicht, und irgendwann müssen wir eingeschlafen sein.

Heute Morgen schälte sich die Sonne nur mühsam aus den Wolken und blieb auch den Vormittag über verschlafen. Die Panik hatte sich höflich zurückgehalten, Platz gemacht für die Nervosität, für die echten Sorgen, für Jonas und Emma-Lous leeres Bett.

Als ich aufwachte, lag Leonie neben mir. Mein Oberarm war übersät von Fingernagelabdrücken, sie musste sich an mich gekrallt haben in der Nacht.

»Sind sie zurück?«, flüsterte sie, und ich schaute auf Jonas Bett, leer und sauber. Leonie sah müde aus, normalerweise schlief sie lang in den Tag hinein. »Ich glaube schon.«

»Gut, ich bin todmüde.« Sie schloss die Augen wieder, lächelte und drehte sich zur Seite.

Maja scheintot. Jonas fort. Zu viele Menschen, die verschwanden. Ich zog mich leise aus ihrer Umarmung, warf mir eine Jacke über, nahm den Autoschlüssel von Karls Nachttisch und lief nach draußen. Es war noch zu früh, um warm zu sein.

Egal, wie sehr er sich vor dem Tag ziert, der Morgen erlaubt das Menschsein. Egal, wie trüb er ist, immer macht der Morgen klar, dass man gestern irgendwie hinter sich gebracht hat, tröstliche Endlichkeit in Blassblau und Orange. Ich stieg in Karls Ford, der sich nur wiederwillig in Bewegung setzte, und drehte die Heizung auf. Die Landstraße lag leer vor mir, über mir eine Menge neuer Tag, dazwischen fuhr ich und hörte dieser meiner Gegenwart bei ihren Morningshows zu.

»Hallo Leute, hier ist wieder euer Jörn, Wetter wird supi heute, wir haben mal gefragt, was ihr bei so supi Wetter heute so machen wollt, hier ist die Moni aus Rostock in der Leitung, Moni, sag doch mal, was machst du heute bei dem supi Wetter so?«

Ich fuhr das Fenster herunter und zündete mir eine Zigarette an. Die Straße war leer. Dies war Deutschland.

»Na ja, also hier ist die Moni, aus Rostock, und das Wetter soll ja heute so super werden, da dachte ich, ich geh später auf jeden Fall mal raus, also nach der Arbeit.«

Der Rauch zog aus dem Fenster, nach draußen, immer nach draußen. Nebelschwaden hingen unschlüssig über den Feldern.

»Moni, das klingt doch nach einem super Fi-Fa-Feierabendplan! Hier ist euer Jörn in der ChillaxFM Morningshow, und ich wünsch euch einen super Sunshine-Tag, ihr Lieben!«

Ich schätzte, dass ich knapp zwei Stunden bis zum Dorf brauchen würde. Das Navigationssystem mischte sich nur selten ein und blieb nachsichtig, wenn ich zu spät reagierte und Abfahrten verpasste. Dann halt eine neue Strecke. Dann halt nicht links. Dann eben anders.

Das Dorf hatte sich kaum verändert, lag nach wie vor bräsig herum, nannte sich frech Vorstadt und hieß seine Besucher mit einem Klamottendiscounter willkommen. Maja und ich hatten dort oft geklaut. Ich fuhr langsamer, Erinnerungen blitzten auf, zu oft gelaufene Wege, am Wertstoffhof vorbei, über die Brücke, dann die leichte Erhöhung, auf der die Schule stand, die Jahr um Jahr der Kindheit gefressen hatte. Das Kratzen von Kreide auf Schiefertafeln. Lehrer, die sich alles anders vorgestellt hatten, Runde um Runde auf roter Asche. Am Ende jedes Jahres gab es eine Siegerurkunde, dabei gab es hier nie Sieger, und verloren hatte man schon lange zuvor, spätestens, als die Eltern vor Jahren beschlossen hatten, dass eine Kindheit auf dem Land sicher gut für die Entwicklung sei.

Ich passierte den kleinen Schreibwarenladen und das einzige Monument, was dieser Ort zu bieten hatte, das absurd große Kaufland-Center mit einem Parkplatz bis hinter den Horizont. Ansonsten Straßen. Ansonsten Garagen. Ansonsten ab und zu ein Marder, manchmal Waschbären. Ansonsten wenig.

Ich parkte den Ford auf dem Lehrerparkplatz und versuchte, mich kurz zu orientieren. Die Scheune konnte nicht weit sein, wir hatten den Weg von der Schule aus immer schnell zurückgelegt, allerdings konnte dieses Gefühl auch trügen, schließlich flog die Zeit mit Maja dahin, schließlich ließ sich Maja von so etwas wie der Zeit gar nichts sagen.

Der Reiterhof, fiel mir dann ein, ich muss erst Richtung Reiterhof. Ich lief den Feldweg entlang, der vom Lehrerparkplatz abzweigte.

»Weißt du, warum Mädchen gerne reiten?«, hatte Maja gefragt, und ich war beinahe gerannt, um mit ihr Schritt halten zu können.

»Ne, warum?« Ich versuchte, während des Gehens meine Schienbeine zu kratzen, die von Brennnesselstichen juckten. Maja schien nichts abbekommen zu haben.

»Weil es sich wie ficken anfühlt.« Sie hob einen Stein vom Kiesweg und warf nach einem gescheckten Pony auf der Weide, die den Pfad säumte. Sie verfehlte ihr Ziel, das Tier sah nicht auf. Ich fragte nicht, was »ficken« war.

»Und weißt du, was viel einfacher wäre, als in hässlichen Stiefeln in Pferdemist herumzulaufen, weißt du, was viel billiger wäre, weißt du, was diese Mädchen eigentlich machen sollten, wenn sie ficken wollen?« Sie schlug nach rechts Richtung Waldrand ein.

»Ficken?«, fragte ich und dachte, dass es sich dabei um etwas wie Voltigieren handeln musste.

»Genau.« Sie lachte, ihr Lachen dröhnte, kugelte bis an die Küste, wo es schließlich über den Rand fallen musste.

»Du bist klug. Du bist meine klügste Freundin. Du wirst mal eine Arbeit am Computer haben.«

»Und du, was wirst du für eine Arbeit haben?«

»Ich werd gar keine Arbeit haben. Ich bin nämlich noch ein bisschen klüger als du.« Wieder das Lachen, meine Armhaare stellten sich auf.

Wir liefen durch das Getreidefeld, dein goldenes Haar, Maja, mein blaues Kleid, wir hätten Waschmittelwerbung sein können, wäre die Scheune, wäre das Experiment nicht gewesen.

Ich war fast überrascht, wie leicht ich den Weg heute wiederfand, wie schnell ich die Scheune erreichte. Sie lag, etwas verwachsener als damals, noch immer halb im Wald verborgen, das Tor nur angelehnt, wie damals, und wie damals stapelten sich drinnen Strohballen. Wahrscheinlich waren es dieselben, die damals schon für die stickige Luft gesorgt hatten.

»Hast du den Ananassaft mit?«

Ich erschrak, ich hatte nicht genau zugehört, ich hatte Apfelsaft gekauft. Ich schüttelte den Kopf.

»Hab nur Apfelsaft.«

Maja blies sich verärgert eine Strähne aus dem Gesicht, eine Angewohnheit von ihr, aber durch das Klettern waren wir zu verschwitzt, die Haare blieben an der Stirn kleben.

»Schade. Mit dem Ananassaft hätten wir rausfinden können, ob sich der Spermageschmack wirklich verändert. Wenn man schon mal einen Mann da hat.«

Ich schüttelte den Kopf. Mir war nicht ganz klar, von was sie sprach, mir war nur klar, dass ich das Thema nicht vertiefen wollte, ahnte, dass es nichts mit voltigieren zu tun haben konnte. Ich antwortete nicht.

»Meine Güte, das war ein Witz, ich hatte einfach Bock auf Ananassaft.« Maja grinste und stellte ihre Tasche neben dem Ballen ab.

»Komm jetzt«, sagte sie.

Wie schon an den Tagen zuvor, half ich Maja auf den ersten Strohballen, sie bot mir die rechte Hand und zog mich hoch, wir kletterten auf den nächsthöheren, bis wir den Heuboden erreicht hatten und sich Strohhalme in Majas Haar verfangen hatten. Als wir ganz oben ankamen, hörte ich ihn schon in der Ecke atmen, sehr leise und gedämpft durch den Schlafsack. Der Schlafsack gehörte mir, zu Weihnachten hatte ich ihn bekommen, für die Campingurlaube auf den Halligen, die meine Eltern liebten und meine Schwester und ich hassten. Der Schlafsack war ganz leicht und aus Daunen. Meine Hände fühlten sich kalt an. Der Schlafsack wackelte. Ich stürzte auf ihn zu,

Maja hielt mich zurück, sie sah mir streng in die Augen und schüttelte mich. »Du weißt, wieso wir das hier alles machen, oder?«

Ich nickte. Hinter ihr an der Holzwand wand sich der unförmige Schatten.

Ihre Hände blieben an meinen Schultern, als sie mir erklärte, was sie mir schon so oft erklärt hatte, dass Männer böse seien, alle, das liege an ihrem Blut, weil in Männerblut einfach mehr böse Moleküle seien.

»In den Gefängnissen zum Beispiel sind viel mehr Männer als Frauen. Männer …« Sie verstummte kurz, dann stieß sie mit dem Fuß gegen den Schlafsack. »Egal, dieser hier ist jedenfalls keine Ausnahme, verstehst du?«

»Ich weiß das! Ich will nur schauen, ob er noch lebt, ganz tot nützt er uns doch gar nichts.«

»So schnell stirbt es sich nicht.« Maja sah genervt aus. »Zum Sterben braucht es schon mehr, und das hier ist ja nicht mal ein böser Mensch, sondern halt ein Wesen, das mal ein Mann wird, wenn wir nicht rechtzeitig eingreifen.«

Ich stieß Maja zur Seite, kniete mich neben den Schlafsack, zog den Reißverschluss auf, ein blonder Schopf schoss aus dem Stoff, ich zog ihm die Socke aus dem Mund. Karl schnappte nach Luft. Der Sommer war noch lang.

Ich war fast überrascht, dass heute niemand hier oben lag, dass es still war und ich hier ohne Maja stand. Karl hatte damals einen Wunsch äußern dürfen, und da wir ihm die Freiheit nicht schenken und uns einen Gameboy nicht leisten konnten, brachten wir ihm ein Buch mit, einen Erziehungsratgeber, das einzige Buch, das Maja zu Hause gefunden hatte.

Maja sah Karl schräg an.

»Wir machen das nur für eine bessere Welt. Das ist ein wichtiges Experiment.«

»Meine Hände tun weh. Ich bin fast erstickt. Gestern Nacht war es so kalt. Ich habe Durst. Habt ihr was zu trinken? Ich verdurste.« Er sah mich flehend an.

Ich packte die Flasche aus meinem Rucksack und hielt ihm den Apfelsaft an die Lippen. Maja schlug dagegen, Saft rann über sein Gesicht, die Lippen, sammelte sich über dem linken Auge. Karl stöhnte auf. Maja lachte.

»Immerhin bist du der erste Teilnehmer eines sehr wichtigen Experiments, das alles ändern wird.« Er sah Maja verzweifelt an. Blonde Locken bis zur Hüfte. Mit 12 schon C-Körbchen. Ihr gehörte die Welt, aber die Welt war ihr nicht gut genug, sie wollte eine andere.

»Weißt du, es ist jetzt alles ein bisschen unangenehm, aber wir mögen dich ja. Wir wollen nur nicht, dass du später Katzen ertränkst oder jemanden ermordest«, sie ließ Stroh durch ihre Hände rieseln, »oder so was.«

Karl sah mich an Maja vorbei flehend an. Ich zuckte mit den Schultern. Er tat mir leid, er sah verängstigt aus und kaum noch furchteinflößend. Maja fragte ihn, ob er sich schwach fühle, und er nickte.

»Gut«, sagte sie, »dann läufst du ja nicht weg, wenn wir dich loslassen, oder?« Karl schüttelte den Kopf, Maja nickte in seine Richtung, ich löste die Schnürsenkel um seine Handgelenke. Er spreizte seine Finger, streckte die Arme, strich sich durchs Haar und drückte auf seinen Handgelenken herum, als würden sie schmerzen. Dabei hatte ich die Schnürsenkel sehr locker gebunden, Maja hatte sie nicht überprüft, es wäre einfach gewesen, sie abzustreifen. Karl hatte sich trotzdem nicht befreit. Er hatte hier gewartet.

Ab da waren wir zu dritt.

Wir kehrten später zurück in die Scheune, als Karl längst ein Freund geworden war. Ich hatte Maja irgendwann von den lockeren Schnürsenkeln erzählt, und nachdem sie kurz böse auf mich war, freute sie sich, dass ihr Experiment offensichtlich gelungen und Karl bereit war, sich Maja anzuschließen. Er erzählte mir später, er wollte damals nur mich wiedersehen, aber das sagte ich ihr nie. Eine Zeitlang waren wir zu dritt, bis Maja Thomas rekrutierte, einen lispelnden Jungen mit schütterem Haar aus unserer Klasse, der Schneckenhäuser sammelte und ansonsten von allen ignoriert wurde. Maja sagte, es sei wichtig, das Geschlechterverhältnis auszugleichen, und außerdem seien Opfer mit Totalschaden die treusten Freunde. Ab da waren wir zu viert, und während Karl heute noch versucht, Maja zu verdrängen, wussten wir zumindest seitdem, dass vier die perfekte Zahl ist.

Die meiste Zeit verbrachten wir damals damit, zu viert in der Scheune zu sitzen und unseren Rachefeldzug gegen Benedikt zu planen. Benedikt war zwei Stufen über uns. Was genau er getan hatte, wusste ich nicht, aber Maja hasste ihn. Sie sagte, er sei einfach grundschlecht, und Thomas sagte, Benedikt wisse, warum Majas Vater verschwunden war, er behauptete sogar, ihr Vater sei im Gefängnis und werde da noch lange bleiben. Wir sprachen Maja nie darauf an, sie hatte mir einmal verboten, Fragen über ihn zu stellen, und ich merkte mir alles, was Maja je zu mir sagte.

Ihr Plan, Benedikt zu bestrafen, schien einfach: Sie hatte ihn zum Duell auf der Lichtung herausgefordert, im Notfall sollten wir aus der Deckung springen und ihr zu Hilfe kommen.

Die Jungs saßen schon auf dem Boden der Scheune, um sie herum Weidenruten. Maja packte vier grüne T-Shirts aus ihrem Rucksack, die wir auf dem Hinweg vom Klamottendiscounter geklaut hatten. Wir hatten Majas Erlaubnis, aus diesem Laden zu klauen, denn Klamottendiscounter gehörten verbitterten dicken Männern, die Kinder in Asien für ihre Martinis schuften ließen, und ich wusste, dass Maja recht hatte, weil sie Worte wie »Martini« kannte.

»Grün«, sagte Maja, »wir tragen ab jetzt immer grün, wegen der Umwelt und wegen der Tarnung.«

Karl und Thomas nickten.

»Waffen bereit«, sagte Maja.

Die Jungs schnappten sich zwei Speere und verkreuzten sie miteinander, nur Maja hatte ein Fleischermesser. »Für euch sind Messer nichts«, hatte sie gesagt, als wir zuvor an unseren Speeren schnitzten.

»Wir vier für immer«, sagte sie leise.

»Und gegen alle«, brüllten wir zurück, und Karl griff nach meiner Hand, drückte sie fest. Ich sah ihn glücklich an, Thomas grinste uns zu.

Heute war die Scheune leer, natürlich war sie das, natürlich hatte Maja keinen Hinweis hinterlassen, natürlich lag hier nicht die Pointe, natürlich sprang nicht erst ihr Lachen und dann sie selbst hinter einem Heuballen hervor. Das hier war ein Kindertreffpunkt gewesen, keine Schnitzeljagd, und ich würde weiter darauf warten müssen, dass Maja sich meldete, noch immer hielt sie das Zepter fest in der Hand.

Ich rannte den Weg zum Auto zurück, auf den Weiden starrten mich die Pferde so tumb wie immer an, als sei keine Zeit vergangen, als würde nichts in der Welt sie davon abhalten, bis in alle Ewigkeit stumpf geradeaus zu sehen. Kurz überlegte ich, bei meinen Eltern vorbeizuschauen, aber der Vorort, das Zuhause kamen mir klein und verlebt vor, und der Gedanke an all die Jahre, die ich dort schon verbracht hatte, erschreckte mich. Ich setzte mich in Karls Ford, es gab hier nichts, keinen Hinweis und schon gar keinen Trost.

Die Fahrt zurück zum Strandhaus zog sich, zweimal stoppte ich, einmal, um zu tanken und dann noch einmal wegen etwas anderem.

Im Strandhaus war wieder Gegenwart. Emma-Lou und Jonas waren immer noch nicht zurück, Karl und Leonie meditierten im Vorgarten.

Ich sah ein bisschen fern, durch Zufall blieb ich an der Wiederholung einer Show hängen, an der ich vor einigen Jahren teilgenommen hatte, bevor ich in die Lifestyle-Formate aufstieg, und in der ich so tat, als wäre ich eine Sonnenstudiobesitzerin.

Am Abend wollten wir Doppelkopf spielen, die Karten waren schon verteilt, ich hatte vier schwarze Damen auf der Hand, dann erst fiel uns auf, dass man Doppelkopf zu dritt nicht spielen kann.

»Jonas hat das im Griff, oder? Er macht nur einen Ausflug mit Emma-Lou, oder?«, fragte Leonie irgendwann, und Karl sagte, klar, und wir könnten ja einfach Skat spielen, das gehe zu dritt, und die Regeln seien fast die gleichen.

»Ich glaube, bei Skat muss einer gegen die anderen zwei spielen«, sagte Leonie, und ich sagte, dass das dann wahrscheinlich eh nichts für uns wäre.

»Vor einem halben Jahr war ich auch einen Tag mit Emma weg, weißt du noch, Leonie? Im Zoo waren wir, am Abend warst du ganz aufgelöst, aber du musst in dem Fall einfach vertrauen, und Emma hatte damals einen sehr schönen Tag. Sie hat noch wochenlang von den Schimpansen erzählt.« Karl packte die Karten zurück in die Schachtel.

Leonie nickte, und ich sagte, es sei sicher am besten, einfach früh schlafen zu gehen. Wenn Jonas sich bis morgen nicht melden würde, könnten wir immer noch die Polizei rufen.

»Das geht nicht«, sagte Leonie, und Karl sagte: »Stimmt, das geht nicht.« Ich fragte nicht, warum. Es war wie damals, als Maja das Sperma erwähnt hatte. Ich ahnte, dass ich nicht mehr wissen wollte.

Wir gingen früh schlafen.

EIN BLEICHER MORGEN, ich notiere, die Panik hat sich in den Hinterkopf zurückgezogen. Mittlerweile denke ich, sie weckt mich, um mich an das Notieren zu erinnern, vielleicht, weil ich es gestern Nacht versäumt habe, weil mich gegen halb zwei ein Poltern weckte, bevor die Panik die Chance dazu bekam.

Karl riss die Tür auf und schrie etwas, Leonie richtete sich neben mir auf und stieß mir dabei den Ellbogen in die Brust.

»Los, ins Auto, los, ins Auto!«, rief Karl.

Ich suchte nach 390 Gramm, fand sie unter der Spüle, presste sie an mein Schlafshirt und lief den beiden hinterher nach draußen.

Sie saßen schon im laufenden Wagen. Ich freute mich, dass etwas passierte.

Dann fuhren wir, eine Spur zu schnell, gerade so, dass es dramatisch wirkte, aber nicht lebensbedrohlich. Ich ließ das Fenster hinunter, Fahrtwind wischte die Übermüdung aus der Nacht, und alles wirkte sehr klar, sehr lebendig, sehr am richtigen Platz. Endlich zogen Dinge an uns vorbei. Ich zündete mir eine Zigarette an und strich Leonie vom Rücksitz über die Wange. Wir sollten für immer Auto fahren. Wir sollten nie mehr anhalten.

»Was ist los, wohin fahren wir«, rief Leonie über

den Fahrtwind hinweg. Ich wollte es nicht wissen, ich wollte weiterfahren, ich wollte das Ankommen verschieben, das Ziel zwischendurch ändern, den Weg dorthin vergessen, ich wollte, dass das Navigationssystem den Geist aufgab, und falls wir irgendwann doch ankommen sollten, würde mir einfallen, dass ich zu Hause etwas vergessen hatte. Ich wollte Leonies Blick im Rückspiegel, ich wollte laut sein und Kippen aus dem Fenster werfen, ich wollte Charts im Radio hören, ich wollte Staumeldungen, viele Staus, über viele Kilometer, in denen man dann Ich-packe-meinen-Koffer spielt und zwischendurch einschläft. Ich wollte das ausgiebige Strecken bei einer kurzen Rast, ich wollte fragen, wie lange noch, wie weit noch, ich wollte hören, dass es schon noch ein ganzes Stück sei, weil wir uns ja noch gar nicht auf ein Ziel geeinigt hätten. »Ich habe euch gern. Ich habe euch wirklich gern. Ich vergesse das nur immer«, schrie ich aus dem Fenster, um Karls Antwort nicht zu hören.

»Ins Krankenhaus. Jonas ist da«, sagte Karl, und plötzlich rauschte der Wind etwas weniger, und meine Euphorie fühlte sich so deplatziert an wie Grace Jones auf einer Baustelle. Wir fuhren schnell, wir kamen schnell an, schnell eilten wir durch leere Gänge zum Haupteingang.

Karl klopfte an das Glas der Rezeption. Eine hundertjährige Empfangsdame schlurfte aus dem Hinterzimmer und klopfte lächelnd zurück. Karl sagte, er habe jetzt keine Zeit für Scherze, er würde gerne zu Jonas, und Leonie sagte, sie würde gerne zu Emma-Lou, und das würde sie gerne jetzt, sofort. Sie klang entschieden dabei, und Karl unterbrach sie nicht.

»Zum Kind können Sie, Zimmer 312«, sagte die Rezeptionistin langsam, »aber die Besuchszeit für Erwachsene ist leider vorbei.«

»Aber Emma-Lou liegt doch bei Jonas im Zimmer, oder?«, fragte Karl ungeduldig.

»Ja, aber um ihn zu besuchen, kommen Sie bitte zu den üblichen Besuchszeiten wieder.«

Sie sah uns trüb durch das Glas an.

»Na gut, und wo ist Zimmer 312?«, fragte Leonie mit ungewöhnlich klarer Stimme.

Die Empfangsdame schüttelte den Kopf. »Nicht wahr, in Krankenhäusern verläuft man sich schnell«, sie sah auf ihre lackierten Nägel, »und dann findet man jahrelang nicht mehr raus.«

»Hören Sie«, Leonie schlug mit der flachen Hand gegen die Scheibe und hinterließ dort einen fettigen Abdruck, »Sie sagen uns jetzt sofort, wo unsere Tochter ist.«

Die Empfangsdame zeigte mit den Fingern eine Drei, eine Eins, eine Zwei, drehte sich dann langsam zu einem Haufen Unterlagen und begann, sie einzeln vom Stapel zu nehmen und auf einen Stapel daneben zu legen. Leonie schlug fester gegen die Scheibe. »Und wo ist die 312?«, rief sie wieder, mir wurde schlecht, das Licht war zu hell, der Linoleumboden zu taubengrau. Ich hatte mich nie besonders wohl in Krankenhäusern gefühlt, das war normal, aber jetzt erschien es mir unerträglich, wie in einem stundenlangen Déjà-vu.

Ich kauerte mich auf den Boden, ich hörte Leonies Schläge gegen das Glas und Karl, der die Empfangsdame beschimpfte. Die feinen Kratzer auf dem Boden schienen immer schärfer zu werden, immer größer, ich konzentrierte mich auf ihre Bögen, verglich ihre Tiefen. Und dann dachte ich plötzlich, dass wir dringend mehr für die Menschheit tun müssten, gleich morgen sollten wir eine Stiftung gründen. Ich dachte, dass es völlig reicht, sich einmal im Monat die Haare zu waschen, ich dachte, dass Leonie sehr schöne schmale Fesseln hatte, ich dachte daran, dass ich ein Loch in meine Matratze hätte brennen sollen, kurz dachte ich an Maja und konzentrierte mich schnell wieder auf Kratzer, auf Kontinentalplatten, auf Tartanbahnen, und es beruhigte mich, dass es Millionen Dinge gab, an die ich noch nicht gedacht hatte, an die ich also noch denken konnte, bevor ich über das sehr Laute nachdenken musste.

»Meine Güte«, die Rezeptionistin klappte das Fenster auf, »nun ist aber gut, jetzt sammeln Sie sich mal, ich erkläre es Ihnen ja.«

Dann beschrieb sie uns lange und ausführlich den Weg, wir müssten nur an sechs, sieben Türen vorbei, zu den Fahrstühlen mit der Digitalanzeige, dann noch einmal umkehren, um zu überprüfen, ob das wirklich die Fahrstühle mit der Digitalanzeige waren, wir müssten uns im zweiten Stock einmal im Kreis drehen, bis wir uns ganz sicher krank vor Schwindel in dem hell beleuchteten Krankenhaus verlaufen würden, von dort aus würde uns ein Pfleger weiterhelfen.

»Das hat keinen Sinn, los jetzt.« Leonie wandte sich ab, wir folgten ihr, die Rezeptionistin rief uns hinterher: »Unsere Snackautomaten haben heute Milky Way im Angebot.«

Wir verliefen uns, wie beschrieben, und standen schließlich vor der Tür zu Zimmer 312.

»Es wird alles okay sein, oder?«, fragte ich, obwohl es das natürlich nicht sein würde, selbst wenn Jonas sich nur das Knie aufgeschlagen haben sollte. Okay ist es, regelmäßig Tatort zu schauen, okay ist es, nur zu behaupten, man würde regelmäßig Tatort schauen, okay sind Indiebands und Strände und das Nachdenken über Indiebands und Strände, okay sind Freunde zum Pferdestehlen, solange keine Pferde in der Nähe sind, okay ist es, dass sich auf Karls Stirn immer mehr Falten bildeten. Gartenmöbel aus Plastik sind okay und Sex zu viert und Rotwein von Aldi und Schildkröten, und sehr okay wäre es, wenn das alles wäre und dahinter nichts oder sehr wenig, vielleicht das Meer.

Karl nickte, ja, alles würde okay sein, nichts Ernstes, natürlich nickte Karl, und wir betraten das Zimmer. Jonas saß aufrecht auf seinem Bett und spielte mit Emma-Lou Uno. Er sagte: »Hallo.«

Leonie stürzte auf Emma-Lou zu, prüfte sie rasch

mit einem Blick und umschlang sie dann fest. Jonas warf ein, ihr sei nichts passiert, er habe sich nur blöd den Kopf angeschlagen, es tue ihm leid für die Umstände.

»Ich will nichts hören. Ich will kein Wort von dir hören«, unterbrach Leonie ihn und redete leise auf Emma-Lou ein.

Karl fragte, was er denn für Sachen mache, Jonas sagte, er müsse über Nacht bleiben, zur Beobachtung, aber Emma-Lou könne nach Hause und gehöre eh dringend ins Bett, deshalb habe er angerufen.

»Du meldest dich ewig nicht, verschwindest mit Emma und rufst uns dann vom Krankenhaus an, ohne zu sagen, was passiert ist, und deine einzige Sorge ist Emmas Schlafenszeit?« Leonie sprach betont langsam.

Jonas zuckte mit den Schultern. »Sonst wärt ihr vielleicht nicht so schnell gekommen, und ich weiß ja, dass ihr es mit Emma-Lous Schlafenszeit eh schon sehr locker nehmt. Es tut mir leid, ich hatte das auch nicht so geplant, ich wollte nur einen Ausflug mit ihr machen.«

Auf seiner Stirn klebte ein großes Pflaster. Leonie zog scharf Luft ein, doch dann klopfte es, eine Schwester legte zwei Schlaftabletten auf den Nachttisch und stellte ein Tablett vor Jonas ab.

»Die Kartoffeln hier schmecken sehr pelzig«, sagte Jonas und versuchte, versöhnlich zu klingen. Ich wollte sagen: »Ja, das tun sie«, weil ich das wusste, weil jeder wusste, wie pelzig Krankenhausessen schmeckt, weil mir sonst nichts einfiel, in dem wir uns gerade einig sein könnten.

»Dein Papa ist bald wieder zu Hause«, sagte die freundliche Schwester mit verzweifelt sauberem Kittel, und niemand sagte: »Nein, das ist nicht der Vater«, weil das gerade keine Rolle spielte.

Karl bedankte sich bei der Schwester, sagte, dass wir jetzt leider sofort losmüssten, wir dürften nämlich eigentlich nur Emma-Lou sehen und die Besuchszeit für Jonas sei ja schon vorbei. Die Schwester sah ihn irritiert an: Na, in dem Fall sei das doch was anderes, schließlich befänden sich die beiden ja im gleichen Zimmer, und Karl legte ihr eine Hand auf die Schulter und sagte, es sei aber trotzdem wichtig, sich an Regeln zu halten, und außerdem müsse die Kleine ins Bett.

Leonie nahm Emma-Lou auf den Arm, die sich nicht wehrte und nur über ihre Schulter zu Jonas sah. Er streckte den Daumen, sie lächelte und streckte den Daumen zurück. Leonie verabschiedete sich nicht und ließ die Tür satt hinter sich und Emma-Lou ins Schloss fallen. Karl sah mich unsicher an, ich nickte, er folgte den beiden. Als die anderen draußen waren, fragte ich Jonas, was passiert sei.

»Erzähle ich die Tage mal«, sagte Jonas.

»Kommst du morgen wieder?«, fragte ich.

»Ja.« Jonas sah durch mich hindurch, als studiere er die Innenseite meiner Schädeldecke, dann drehte er sich zur Seite. Mir war es recht, mir war schlecht, mir ist schlecht, wenn ich jetzt über das Krankenhaus schreibe. Ich wollte ihn mehr fragen, wissen, wo er mit Emma-Lou gewesen war, aber noch dringender wollte ich raus aus diesem Zimmer, aus diesem Krankenhaus, das mir wie das Basislager der Panikattacken vorkam, die mich jede Nacht weckten.

Ich gab Jonas zum Abschied einen hastigen Kuss auf die Wange, strich ihm übers Haar und griff mit der anderen Hand nach den zwei Tabletten. Sie zerbröselten in meiner Faust, ich schluckte die Krümel sofort im Fahrstuhl. Schlaf, Kopfschuss für Feiglinge.

Ich schlief noch im Auto ein, Karl muss mich aus dem Wagen getragen haben, jedenfalls erwachte ich am nächsten Morgen in seinem Bett. Die Innenseiten meiner Oberschenkel klebten und lösten sich nur schmatzend voneinander, aber ich kann mich nicht daran erinnern, gestern noch mit Karl geschlafen zu haben. Durch die hellen Gardinen fiel Morgenlicht.

Ich tappte in die Dusche und ließ heißes Wasser über mich laufen. Meine Augen brannten, aber ich wollte sie nicht schließen, geschlossene Augen sind eine Einladung für Maja, sie sieht mich dann kurz aus dem Dunkel an, bis ich die Augen wieder aufmache und stattdessen die Gebrauchsanleitung auf dem Shampoo lese. Auf jedem Shampoo steht, wie shamponieren geht. Man kann dabei zwar wenig falsch machen, und trotzdem wird es jedes Mal wieder erklärt. Das ist rührend. Gegen Misanthropie helfen Shampooflaschen. Ich quetschte die Flasche zusammen, aber das Shampoo war leer.

In der Küche saß Karl bereits am Küchentisch und las in einem seiner inhaltslosen Bücher mit schöner Typo. Um was genau es darin geht, weiß ich nicht. Die Klappentexte sind kryptisch. Wir haben massenweise solche Bücher, Karls Cousin gehört eine Indie-Buchladen-Kette. Leonie und Emma-Lou knieten auf dem Boden vor einem Bettlaken. »Wir brauchen ein Willkommen-zurück-Schild«, sagte Leonie, und Karl sagte: »Warum?«, und ich dachte das Gleiche. Der Computertisch in Holzoptik glotzte mich an wie aus dem letzten Jahrtausend, niemand hatte verdient, hier willkommen geheißen zu werden und Jonas schon gar nicht.

Leonie lächelte wie eh und je, nichts an ihrem Gesicht verriet etwas von ihrem gestrigen Ausbruch. Es sei wichtig, wieder etwas Harmonie reinzubringen, und Jonas gehöre eben dazu, und überhaupt sei bald die Party. Karl verbot es ihr nicht, also wurde gebastelt. Ich schlafe jetzt ohne Bettlaken. Mein Bettlaken ist jetzt ein Willkommensschild.

Leonie malte mit Lippenstift auf das Laken, in runder, schöner Mädchenschrift, Schrift aus einem hellen Zuhause mit naturtrübem Apfelsaft und ein bisschen häuslicher Gewalt. Sie vergaß das zweite L in »Willkommen«.

Emma-Lou stand auf und zeigte auf das Laken. Dann holte sie Luft. »Da fehlt ein ›L‹.« Sie trat barfuß auf die Stelle.

Leonie ließ den Stift fallen und sah auf.

»Emma-Lou? Emma-Baby, seit wann redest du? Warum hast du denn vorher nie was gesagt?« Leonie blickte auf und nahm sie fest in den Arm. Emma-Lou blieb steif stehen.

Karl sagte, wahrscheinlich habe vorher einfach nie ein Buchstabe gefehlt, ich lachte, Karl schaute mich dankbar an.

»Sag noch was!« Leonie stand auf, sah ihre Tochter streng an. »Was steht da drüben auf dem Shampoo?« Sie deutete auf die leere Shampooflasche in meiner Hand. Wasser tropfte von der Flasche auf das Laminat. Tropfen, in die man später reintritt und sich fragt, wovon der Boden eigentlich nass ist.

Emma-Lou zog eine Augenbraue in die Höhe, Jonas macht das, das war Jonas' Gesicht. Ich schmiss die Packung in den Müll, setzte mich an den Küchentisch und rauchte eine Zigarette. Emma-Lou griff nach den Muscheln, die wir zwei Abende und eine Ewigkeit vorher gesammelt hatten, hob den Saum ihres Kleides, ließ sie in den so entstandenen Beutel fallen und ging zur Tür.

Karl las den ganzen Tag, Leonie versuchte, Emma-Lou weiter zum Sprechen zu bewegen, sie drohte, bettelte, versprach sogar Eis, aber Emma-Lou schwieg, fragte nur einmal, wann Jonas wiederkommen werde. Am liebsten hätte ich ihr gesagt, dass er nie wiederkommt, nie, nie wieder, und es kam mir furchtbar albern vor, wie grotesk das Klischee »Er hat eine Jüngere«, plötzlich in meinem eigenen Leben herumstand und nichts mit sich anzufangen wusste.

Ich packte 390 Gramm in eine Schachtel und lief nach draußen. Ich weiß nicht, warum man bei Kummer ziellos draußen herumläuft, aber ich bin mir sicher, dass Karl auch dazu eine blöde Metapher einfallen würde.

Gegen 18 Uhr hielt ein Taxi vor dem Haus. Emma-Lou stürmte zur Haustür, und Jonas betrat das Zimmer mit ihr im Arm. Er stand lächelnd unter dem Willkommensschild, Emma-Lou flüsterte ihm etwas zu, er nickte und grinste das notdürftig eingefügte zweite ›L‹ an. Leonie und ich gaben ihm jeweils einen kurzen Kuss an Emma-Lous Schopf vorbei, Karl sagte, er habe Lachstagliatelle gemacht, ob Jonas Hunger habe. Jonas nickte, setzte Emma-Lou auf dem Boden ab und stellte das alte Küchenradio an.

»Wo wart ihr denn gestern«, fragte ich Jonas, als er die Teller verteilte.

Karl unterbrach mich, sagte, wir sollten endlich mal miteinander reden, und zwar über alles, und zwar ausführlich, denn Reden sei wichtig und Zuhören auch.

Jonas sagte, das könnten wir gerne, aber wo er mit Emma-Lou war, spiele nun wirklich keine Rolle, und ihr gehe es ja gut. Ich sah zu Leonie hinüber, aber sie stocherte nur in ihren Nudeln herum und sortierte den Lachs auf den Tellerrand.

Also redeten wir darüber, wie es war und wie es

hätte sein sollen. Wie es sein konnte, dass einer aus der Gruppe ausbricht und wann das alles angefangen hatte. Ich versuchte zweimal, mich so zu äußern, dass ich hier »Und dann brach es aus mir heraus« schreiben kann, blieb aber tatsächlich die meiste Zeit still.

Karl sprach viel, am Anfang gestikulierte er wild, dann sanken seine Hände in den Schoß, bis er gar nichts mehr sagte, und wir saßen am Tisch, der für Doppelkopf gedacht war, und schwiegen. Es war ein angemessenes Schweigen, eines, auf das wir viel zu lange gewartet hatten, ein Schweigen, das die Füße auf den Tisch legte, die Arme verschränkte und uns auffordernd ansah. Eine Weile lang glotzten wir es blöd an.

»Wir sollten hier wohnen«, sagte Karl irgendwann, man müsse vielleicht anbauen, aber das könne er mit dem Buch über das Glück sicher finanzieren. Weil keiner antwortete, redete er weiter, immer schneller, immer aufgeregter. Er sagte, man könne nach vorne anbauen, eine Veranda, er sagte, ich würde hübsch aussehen auf einer Veranda, es sei sehr einfach, eine Veranda anzubauen, mit Blick aufs Meer, ich würde mein blauweißes Kleid tragen, er würde mir ein Glas Gimlet reichen, dann sah er zu Leonie und lächelte. »Leonie«, sagte er, »du kannst doch so phantastische Gimlets mixen, du weißt immer genau, wie viel Limettenzeug da reinmuss.«

Er stand auf, lief im Zimmer auf und ab, zeigte in verschiedene Richtungen, sagte, man könne hinter der Küche einen Arbeitsraum anbauen, einen gemeinschaftlichen Arbeitsraum mit schweren weißen Vorhängen und der Récamiere meiner Großmutter. »Nora«, er sah mich an, »da, wo wir früher immer draufsaßen, nach der Schule, mit Mathehausaufgaben, die wir nie gemacht haben, mit lauter Aufgaben, die wir nie gemacht haben, die uns immer egal waren, weil wir doch unsere einzige Aufgabe schon gefunden hatten, nämlich diese hier«, er zeigte hilflos auf das Zimmer, der 90er Jahre Computertisch sah boshaft zurück, »das hier war es doch, was wir wollten, also nicht genau das, aber ein Haus am Meer. ›Ich will ein Haus am Meer‹, hast du gesagt, Nora, und ich hab gesagt, ich werde Schriftsteller, ich werde gut, ich kauf dir ein Haus am Meer.«

Jonas hob eine Augenbraue und fing an, mit Emma-Lou Stein, Schere, Papier zu spielen. Leonie sah mich schräg an, ich zuckte mit den Schultern. Meinetwegen konnte er die alte Récamiere haben, falls sie noch bei meinen Eltern herumstand. Es ging noch eine Weile so weiter, Jonas ließ Emma-Lou pausenlos gewinnen, und Karl lief herum und fragte Leonie, in welcher Farbe man das Wohnzimmer streichen solle, er habe doch bei so etwas gar keinen Geschmack, er finde auch Wischtechnik immer noch geil. Leonie lachte und gab ihm einen Kuss auf den Schopf, und Jonas stand auf und sagte, er werde jetzt mal die Kleine ins Bett bringen. Ich sah auf die Tischplatte, dahinter, darunter, außen herum wenig, auf dem Tisch der Schutzumschlag von Karls letztem Buch, ich ließ ihn durch die Finger gleiten, faltete ihn zu einem Boot, wusste wenig, wenig Tröstliches.

Karl verbarg sein Gesicht, erste harte Linien zeichneten sich auf seinen Händen ab. Er wollte weiterbrennen, aber Asche brennt nun mal nicht.

»Es wird sicher besser, wenn hier die ersten Gäste ankommen«, sagte ich.

»Es ist wichtig, dass Träume nicht aufhören zu existieren, wenn sie Realität geworden sind«, sagte er, und ich verlor jegliche Lust, mich weiter mit ihm zu unterhalten. Mir wird schlecht bei dem Wort »Träume«. Das Leben gehört nicht geträumt, sondern im Rahmen der Möglichkeiten geplant und angenehm gestaltet. Träume sind nie Entscheidung, sondern willkürlicher Mist, ein nächtliches Abfallprodukt des erschöpften Bewusstseins. Davon abgesehen sagen vor allem diejenigen, dass man seinen Traum leben sollte, deren Realität trist ist. Aber so waren wir nicht, weil wir beschlossen hatten, zusammenzugehören, und zwar zu viert, und zwar langfristig. Ein engmaschiges soziales Netz mit gewissen Vorzügen. Es gab uns vier aufgrund einiger unschöner Zufälle und des unbedingten Willens, das Beste daraus zu machen. Gebäude halten besser mit vier Säulen als mit zweien, das merkt man spätestens, wenn eine wegbricht oder einen Tag im Krankenhaus liegt.

Es ist ein Scheißgefühl, wenn Säulen plötzlich nicht mehr auf E-Mails antworten. Säulen sind nur im Plural sinnvoll. Wenn sie einzeln sind, tragen sie nichts, außer einigen Konzertplakaten, und niemand möchte eine Litfaßsäule sein. Leonie bat Karl um Erlaubnis, schlafen zu gehen. Er nickte knapp, sie lächelte erleichtert. Leonie hatte dafür gesorgt, dass er ihr ständig Dinge erlaubte oder verbot, und allein nach diesen Kategorien teilte sie ihre Tage auf, ewige Ferien im Passiv.

Ich konnte nicht einschlafen, lag lange wach und hoffte darauf, dass die Nacht verging, obwohl ich mir sehr sicher war, dass das nie passieren würde. Irgendwann dann Schlaf, bis jetzt, dann Panik, keine Lust, näher darauf einzugehen. Ich hoffe, wenigstens mein Therapeut genießt seinen Urlaub.

MORGENS BRÖTCHEN GEHOLT. Beim Bäcker stand direkt vor mir eine Frau, schwarzes Kleid, lange blonde, lockige Haare. Ich drehte mich reflexartig zu ihr, aber es war nicht Maja, natürlich war es nicht Maja. Zurück rannte ich fast, auf halber Strecke riss die Papiertüte, ich sammelte das Gebäck hektisch auf und lief weiter.

Karls Tablet zeigte keine neue Nachricht von Maja an. Stattdessen war meine Agentin dazu übergegangen, ihre E-Mails mit kleinen, roten Ausrufezeichen zu kennzeichnen. Ich öffnete keine einzige. Es sah nicht aus, als würden wir bald abreisen, und solange wir hier sind, spielen Dinge, die aus der Stadt kommen und mit kleinen, roten Ausrufezeichen versehen sind, absolut keine Rolle.

Der Tag lag leer vor mir herum, nur notdürftig strukturiert von Grundbedürfnissen. Schlafen, trinken, essen und darüber nachdenken, dass Sex einst auch dazugehört hatte. Wir brauchen diese Party, wenn wir mehr sein wollen als traurige warme Tiere. Wir brauchen eine Erinnerung daran, wie gut wir es haben, denn mittlerweile haben wir es alle vergessen, und die Sonne und der Pool reichen nicht, um uns daran zu erinnern.

Mittlerweile bewege ich mich so selbstverständlich wie früher in dem Haus. Die beiden Schlafzimmer, die

Wohnküche, die Toilette. Jonas' Hemden sind so ordentlich im Schrank gestapelt, als wäre das hier ein strenges englisches Internat oder ein Gefängnis.

Ich sammelte dreckige Klamotten aus allen Zimmern zusammen, trug sie ins Bad und sortierte sie nach Farben, helle Wäsche, dunkle Wäsche. Als ich damit fertig war, sortiere ich sie nach Besitzer, nach Größe, nach geschätztem Preis. Ich sortierte, bis mir keine Kategorien mehr einfielen, und dann lehnte ich mich gegen die Badewanne und schämte mich für die Geschichten, die ich später meinen Enkelkindern erzählen würde.

»Noch ein Abenteuer, erzähl uns noch ein Abenteuer«, würden sie sagen und auf etwas Spannendes hoffen, und irgendwas an ihren Pullovern würde blinken und mit dem Internet verbunden sein, das dann schon längst nicht mehr so heißt.

»Nun, damals, vor vielen, vielen Jahren habe ich stundenlang Klamotten von links nach rechts geschoben, weil mir sonst wenig eingefallen ist«, würde ich sagen, und meine Enkelkinder würden kurz enttäuscht und dann gierig auf mein iPhone19 starren, weil sie lieber mit Hologramm-Vögeln Schweine abschießen würden, als Geschichten aus meiner Vergangenheit zu hören.

»Mit Opa?«, würden sie fragen, weil man auch in der Zukunft dem Menschen die tradierte Romantik nicht ganz ausgetrieben hätte, weil die Menschen immer noch davon überzeugt sein würden, dass Verliebtsein ausreicht, weil keine Statistik einem die Sehnsucht austreiben kann.

»Nein, mit einer Schildkröte«, würde ich sagen und vieles, vieles bereuen.

Ich stopfte alle Klamotten zusammen in die Maschine, sie passten nicht hinein, irgendwas blieb über, und dann kippte ich viel Waschmittel über alles und sah dem Wasser zu, wie es verlässlich tat, was die Maschine ihm befahl, und schlief auf der Dreckwäsche ein. Irgendwann am späten Nachmittag wachte ich auf, den Kopf in Leonies Schoß, heimisch. »Wir wollen gleich grillen«, sagte sie und strich mir über das Haar. Ich protestierte kurz müde, als sie aufstand, dann starrte ich eine Weile die blinkende Waschmaschine an.

Ich wusch mir das Gesicht mit Wasser, das nicht richtig kalt war. Der Sommer hatte uns fest im Griff, der Sommer war unsere Schwachstelle, war es immer schon gewesen.

»Der Sommer ist zum Sterben da«, sagte Maja, als wir damals am Bach saßen, und fügte hinzu, dass das natürlich nur für Leute gelte, die den Tod in ihrem Leben vorgesehen hatten. Karl stapelte Steine für einen Feuerplatz, Thomas saß etwas abseits und schnitzte. Ich schälte mich aus der großen Lederjacke meines Vaters und holte aus den Innentaschen die Brötchen, Mozzarella-Sticks und Würstchen, die wir vorher bei Penny geklaut hatten.

»Quatsch, der Sommer ist zum Zelten da«, sagte Karl, und ich grinste, bis ich Majas strengen Blick bemerkte.

»Wir betrinken uns jetzt«, beschloss Maja und holte zwei angebrochene Flaschen Campari aus ihrer Tasche. »Es ist immerhin die Nacht vor der Schlacht.« Am nächsten Tag wollten wir Benedikt erledigen. Seit einer Woche hatten wir Stöcke zugespitzt, Taktiken und Pläne und Strategien überlegt und nach dem perfekten Austragungsort für die Schlacht gesucht. Die Lichtung war ideal. Wir kannten das Kampfgebiet, die Schlupfwinkel, die Angriffsflächen. Um den Kampf fairer zu gestalten, hatte Maja auch Benedikts Freunde aufgefordert.

»Von deiner Mutter?«, fragte Thomas. Er zeigte auf die Campariflaschen und warf dann zwei Stöckchen in das Feuer, das noch etwas vor sich hin glomm. Ich hatte noch nie zuvor getrunken, bis auf die zwei Schlücke, die Eltern ihre Kinder probieren lassen, weil es eben dazugehört.

»Alkohol ist okay.« Maja trank einen Schluck und reichte die Flasche weiter. »Ich würde mir die Arme aufschneiden wie die blöden Ritzmädchen, wenn ich meine Mutter ständig nüchtern ertragen müsste. Ohne Alkohol fönt sie sich stundenlang die Haare und kocht aufwendig, und dann fehlt was, und ich muss dreimal zum Kaufland radeln, um irgendeinen Scheißsafran zu kaufen, und dann komm ich nach Hause, und sie hängt heulend vor dem Herd, weil sie aus Versehen für drei anstatt für zwei gekocht hat. Das ist zum Kotzen. Campari macht sie still.« Sie ließ sich nach hinten ins Moos fallen. »Stille ist schön.«

Ich fand Stille eigentlich ziemlich langweilig. In meinem Zuhause war es immer still. Für Lautstärke sorgten bei uns lediglich Maschinen, Rasenmäher, Staubsauger, Fön. Weil in meiner Familie niemand redete, beherrschten wir verschiedene Arten von Schweigen. Es gab das einvernehmliche, das wütende, das freundliche, das höfliche und das unhöfliche Schweigen. Wenn wir etwas nicht mit Schweigen ausdrücken konnten, drückten wir es gar nicht aus, dann würde es schon nicht so wichtig gewesen sein.

Wenn ich doch mal mit meiner Schwester stritt und sich so etwas wie Leben einstellte, schwieg unsere Mutter uns böse an, und wir mussten uns die Hand reichen und auf unser Zimmer gehen. Um die Ernsthaftigkeit unserer Wut auszudrücken, blieb uns nur ein sehr beleidigtes Schweigen, und so saßen wir im gemeinsamen Kinderzimmer, sagten nichts und warteten, bis man uns zum Essen rief. Oft schwiegen wir stundenlang, und manchmal spielten wir dabei Mau-Mau, Spiele, die nie endeten, weil man, wenn man schweigt, nicht »Mau« sagen darf und ständig Strafkarten ziehen muss. Irgendwann rief unsere Mutter dann »Abendessen!«, und wir legten schweigend die Karten zur Seite. Beim Abendessen durfte zwar gesprochen werden, es hatte aber selten jemand etwas zu erzählen. Manchmal sagte mein Vater, dass die Marder wieder das Auto der Nachbarn lahmgelegt gelegt hätten, dann war es kurz still, bis meine Mutter seufzte: »Ja, die Marder«, und an Feiertagen sagte sie noch einen Satz mehr, zum Beispiel, dass sie heute Nacht wieder die Waschbären gehört habe. An spannenden Tagen trat meine Schwester mir während des Essens gegens Bein, und an sehr spannenden Tagen trat ich zurück. Sonst passierte wenig, und Maja liebte ich vor allem deswegen, weil sie die Stille beiseitegewischt hatte.

Thomas warf mir einen angespitzten Stock zu. Ich spießte einen der Mozzarella-Sticks auf, bald tropfte heißer Käse in das Feuer, und Maja erzählte uns Geschichten von Kriegern, die auch mal nur Kinder gewesen waren.

»Unter vierzehn ist man nicht strafbar. Wir sind quasi unverwundbar. Erst Schrecken einjagen, dann Aufbau des Kapitals.« Damit meinte sie, dass wir Benedikt und die anderen abziehen sollten. Mein schlechtes Gewissen hielt sich in Grenzen, Benedikt und seine Freunde zogen den Fünftklässlern regelmäßig ihr Pausengeld ab, das war eine der Regeln in unserem Dorf, die Älteren durften die Jüngeren quälen, die Jüngeren durften dafür ihrerseits älter werden.

»Aber, ist das nicht ein bisschen, ich meine, reicht es nicht, ihnen einen Schrecken einzujagen?«, fragte Karl.

»Doch, das reicht auf jeden Fall. Es reicht auch, wenn du immer deine Hausaufgaben machst. Vielleicht schreibst du dann ein gutes Abi. Es reicht, wenn du studierst, wenn du mit dreißig Kinder kriegst und auch sonst keine Ansprüche ans Leben stellst. Also, wenn du später hierbleiben und dein Toastbrot im Kaufland kaufen willst und Putengeschnetzeltes im Sonderangebot das Highlight deiner Woche darstellen soll, ja, dann reicht das vollkommen«, sagte Maja.

»Was willst *du* denn?« Karl kräuselte die Stirn.

»Ich will einen Swimmingpool, einen Gärtner und böse Menschen mit meinem Ferrari plattfahren.« Maja lachte, ein Windstoß fegte durch die Bäume, denn natürlich verneigte sich der Wald vor ihr.

Ich verstand kein Wort und war glücklich. Wir lagen nebeneinander auf der Lederjacke und einer zerschlissenen Stranddecke, und als es kälter wurde, rutschte Karl näher an mich heran. Während Maja erzählte, dass wir uns morgen eigentlich die Haare kämmen müssten, weil wir sicher ins Fernsehen kommen würden, zumindest falls wir es hinkriegten, Benedikt ernsthaft zu verletzen, fasste Karl vorsichtig in mein Haar, wie er es heute noch manchmal tut. Maja bemerkte das und drehte sich ruckartig um. »Finger weg!« Sie trat nach ihm und zischte mich an: »Wenn du auch nur ein einziges Scheißbuch gelesen hättest, wüsstest du, dass Liebe alles kaputtmacht. Sobald irgendein Trottel denkt, er müsse sich verlieben, geht jedes Mal alles den Bach runter. Wenn du jetzt auch noch mit diesem Liebesscheiß anfängst, bring ich dich um.« Ich verkrampfte unter der Jacke und schämte mich, und Thomas flüsterte: »Tja, der Sommer ist zum

Sterben da«, und kicherte leise in die Dunkelheit. Maja beschloss, dass wir anders liegen sollten, ich schlief zwischen Thomas und ihr ein, in der Nacht strich mir wieder eine Hand durch das Haar, aber das konnte ich auch geträumt haben.

Durch die Terrassentür sah man noch die Glut leuchten. Wir hatten lange draußen gesessen, bis es zu kalt wurde und Emma-Lou auf Jonas' Schoß eingeschlafen war. Jonas brachte Emma-Lou ins Bett, dann setzten wir uns ins Wohnzimmer und machten noch eine Flasche Wein auf. Auf meinem Schoß schlief 390 Gramm, zurückgezogen in ihren Panzer, wahrscheinlich müde von allem. Ab und an schlugen die Fensterläden vom Wind gegen das Haus, ständig war alles Kulisse in diesem seltsamen Stück, das jeden, einschließlich der Darsteller, langweilte und trotzdem nicht enden wollte. Wir spielten weiter, noch einen Tag und noch eine Nacht und dann wahrscheinlich noch einen Tag.

Wir spielten eines von Karls Psychospielchen. »Okay, jetzt schreibt jeder auf einen Zettel seine Lieblingsstellung, und dann raten wir, was von wem ist.« Karl verteilte Bleistifte, und es würden noch viele Sommer kommen und dazwischen Winter und vielleicht einmal ein milder Herbst, darauf kann man ja hoffen, das kann einem keiner verbieten.

»HALLO«, WECKTE MICH DIE PANIK. Ich grüßte nicht zurück, aber Unhöflichkeit reichte nicht aus, um sie loszuwerden. Es ist früh, ich schreibe wieder am Esstisch, die anderen liegen auf dem Sofa, ich habe sie eben zugedeckt.

Heute überprüften wir die Gästeliste. Die meisten hatten zugesagt. Jonas und ich stritten uns ein bisschen, was mich freute, weil streiten ein Verb ist, und bei Verben passiert etwas, ohne Verben bleiben nur Adjektive, schnöde, langweilige, redundante Adjektive, und so stritten wir uns, und das war lange fällig. Es ist auch in Ordnung, dass wir uns nicht über das streiten, was eigentlich wabert, weil das womöglich zu Lösungen führen würde, und Lösungen bringen bekanntlich nur neue Probleme.

Zu unserer Party werden Leute kommen, die Kulturshows im Radio moderieren, es kommen Comedians mit politischem Anspruch und niedrigen Gagen, es kommen Kinder von Extennisprofis und Schriftsteller, deren Debüts sicher bald erscheinen werden. Es kommen Menschen, die in Agenturen arbeiten, und Menschen, die über Leute lästern, die in Agenturen arbeiten. Es kommen solche, die bald glitzern werden, und solche, die mal ein Glanz waren, und solche, die sich für einen Glanz halten. 390 Gramm zeigte sich unbeeindruckt und blieb unter ihrem Panzer. Ich glaube, es ist ihr alles zu viel.

Wir verbrachten die Nacht aufgekratzt, wir schrieben Zettel mit Dingen, die noch erledigt gehörten, das war gut, das waren Pläne, das waren Dinge, mit denen wir die nächsten zwei Tage füllen konnten. Kleine Projekte halten Gruppen zusammen, wenn das eine große Projekt zu scheitern droht.

Irgendwann war der Boden bedeckt mit Zetteln, mit Fotos und Ausdrucken, mit Adresslisten und Rezepten, mit leeren Rotweingläsern und müden Menschenkörpern, die irgendwann zaghaft die Stifte weglegten, sich an die Couch lehnten, sich vorsichtig berührten wie ein altes Ehepaar, das es noch mal versuchen wollte. Ein Ehepaar, das rührend war, weil es sich unbedingt an gute Zeiten erinnern wollte. Dieser Versuch, sich daran zu erinnern, wie es mal war, das ist keine Verliebtheit. Schlechter Sex, das ist Liebe.

Erst waren da nur ein paar Finger, fast zufällige Berührungen, dann waren es viele, dann waren wir viele, dann waren wir überall. Es wurde egal, wem diese Hände gehörten, wessen Brüste das waren, und welchen Mund man küsste, weil endlich alles wir waren.

Die anderen schliefen danach schnell ein, halb auf der Couch, halb auf dem Teppich davor. Ich stand leise auf und ging in die Küche, um mir noch eine Zigarette anzuzünden. Da lagen sie, zu dritt, derart malerisch, dass sie gar nicht wirklich schlafen konnten, und das war schön, das war so schön, wie sie da lagen, so taten, als könnte man völlig ineinandergeknäult schlafen, und sich wieder um diese eine große Performance bemühten, die unsere war. Kurz schlief ich tatsächlich ein.

ALS ICH AUFWACHTE, war ich ganz sicher, dass Maja geschrieben haben musste, aber nichts, lediglich weitere E-Mails von meiner Agentin.

Das Wohnzimmer sah wieder halbwegs ordentlich aus, Jonas saß auf der Couch und las eine alte Sonntagszeitung. Draußen schrien Möwen, nur vereinzelt zuckerten Wolken den Himmel. Ich zog mir Karls Trainingsjacke über und lief am Pool vorbei, durch den Garten zum Wasser, grau wühlte es vor sich hin, ich ließ die Jacke in den Sand fallen, zog hastig alles andere aus und lief weiter ins Wasser. Die Boje erschien mir heute zu weit. Ich schwamm nur dort, wo es gerade tief genug war, dann lief ich wieder ans Ufer und legte mich in den warmen Sand, über mir der fast saubere Himmel, und wenn man ein wirklich ehrgeiziger Klaustrophobiker ist, kann man durchaus auch unter dem Himmel Platzangst kriegen, wenn man sich darum bemüht, Dinge schlimm zu finden, engt selbst die Atmosphäre ein. Eine Möwe spazierte an mir vorbei und versicherte mir, dass sie kein Spatz sei. Dann wurde mir kurz übel vom Gefühl, in das Blau zu fallen, und ich lief zurück zum Haus.

»Nora, zieh dir Schuhe an, wir fahren in die Stadt.« Karl suchte etwas hektisch nach den Autoschlüsseln, Leonie strahlte mich an: »Könnt ihr Balsamico mitbringen?« Ich war mir ziemlich sicher, dass wir das konnten.

Bis zum nächsten großen Einkaufszentrum waren es zwanzig Minuten Fahrt. Karl drehte das Radio auf, und seichter Pop radierte die vergangenen Tage aus dem Auto. Deich und plattes Land zogen vorbei, jeder Fensterblick quasi identisch, als bewegten wir uns gar nicht fort, als befänden wir uns in einer Fahrsimulation. Wir brauchen viel mehr Künstlichkeit. Wir brauchen mehr Farce und mehr Farbe und bloß nichts Authentisches.

»Wann fragen wir Jonas, wo er mit Emma-Lou war?«, fragte ich, und Karl sagte, morgen oder seinetwegen auch heute, aber es spiele jetzt auch keine Rolle, Hauptsache, wieder zu viert, solche Dinge besprächen wir am besten nach der Feier oder nach dem Buch oder nie.

»Meinst du, Leonie sagt uns irgendwann, wer Emmas Vater ist?«, fragte ich. Karl sagte, dass die Morningshows hier auf dem Land schon noch beschissener wären als in der Stadt, und setzte den Blinker. Ich ließ das Fenster herunter, Fahrtwind für immer, ich sagte, dass es ja egal sei, schließlich seien wir ja ihre Familie, und Karl sagte, dass wir den Balsamico nicht vergessen durften.

Familie ist schön, wenn man sie sich selbst aussucht, hatte Maja immer gesagt. Als wir morgens im Wald aufwachten, klebten unsere Jeans von der Nacht. In

Thomas' Haaren krabbelte ein blauschillernder Käfer. Wir mussten albern ausgesehen haben, jung und verstrubbelt und kaum wie Krieger, wir müssen wie Kinder ausgesehen haben, wie zeltende Kinder, aber damals waren sich nur Karl und Maja dessen bewusst. Ich setzte mich auf und griff nach einem verkohlten Mozzerellastick. Der Käse war wieder hart geworden, die Panade schmeckte nach abgestandenem Fett. Ich war müde, ich wusste, dass das Zelten jetzt vorbei war.

»Scheiße, wie viel Uhr ist es?«, fragte Thomas, aber Maja stand schon da, hatte fast alles zusammengeräumt und sah über die Lichtung.

»Wir haben noch eine Stunde, dann müssten sie kommen.«

»Und dann gibt es einen Menschen weniger auf der Welt.« Thomas riss die Augen auf und lachte, Maja sah ihn abschätzig an, und sein Blick schnellte zu Boden.

»Das ist nicht lustig. Eigentlich gibt es dann natürlich nicht einen Menschen weniger, sondern hundert Menschen mehr. Die Welt ist überbevölkert. Für den einen Trottel werden hundert neue Trottel geboren. Es sind einfach zu viele. Problem für die Umwelt. Ey, Karl, pack die Flasche zurück in den Rucksack, sonst ist das Ökoargument vor dem Richter dahin. Wir sagen einfach, wir hatten Angst, dass bald die Polkappen schmelzen oder so, wenn wir so viele Menschen sind.« Maja schlug die Augen nieder und sagte mit niedlich verstellter Stimme: »Aber in Bio haben sie uns das so erklärt, Herr Richter, wir sind viel zu viele Menschen, und wir wollten nur helfen.« So etwas sagte sie, sie redete schnell und verschluckte Silben, die nie wieder zum Vorschein kamen.

»Wieso denn Richter, du hast gesagt, wir sind nicht strafbar.« Karl packte die Campariflasche in den Rucksack.

»Seit wann stellen die Jungs so dumme Fragen, Nora?«, sagte Maja.

»Ich weiß nicht«, sagte ich.

»Vielleicht haben sie schon die Scheune vergessen?« Maja scharrte mit ihrem Messer über die Rinde der Birke hinter ihr. »Männer sind sehr, sehr vergesslich. Manchmal vergessen sie sogar, dass sie einen Job haben. Oder ein Kind.«

Sie stand auf, trat sehr nah vor Karl und fuhr leicht mit dem Messer über seine Stirn. Ich weiß nicht, ob sie vergessen hatte, dass sie es am Abend zuvor extra geschärft hatte, aber Karl fing sofort an zu bluten. Ich starrte auf den dünnen Streifen Blut zwischen Karls Augenbrauen. Ich hatte noch nie gesehen, wie ein Mensch einen anderen mit Absicht verletzte. Maja senkte die Stimme.

»Frauen hingegen vergessen nichts. Sie vergessen nicht, Messer zu schärfen, bevor sie in den Krieg ziehen, und sie vergessen auch sonst nichts, außer manchmal Schulbrote, aber die kann man sich auch echt selbst kaufen.«

Karl bewegte sich nicht, blieb aufrecht stehen und wischte sich mit der linken Hand eine dünne Spur Blut von der Stirn. Thomas lachte, aber niemand beachtete ihn.

»Die werden hier gar nicht erst auftauchen«, sagte Karl. »Für die sind wir Kinder. Du bist einfach völlig irre und ziehst Nora da mit rein. Die hat eigentlich überhaupt keine Lust auf diese Psychonummer hier. Die macht hier nur mit, weil du sie zwingst.«

Meine Hände wurden kalt, ich wollte in nichts reingezogen werden, ich wollte einfach, dass ab und zu etwas passierte, ich wollte weniger Schweigen und mehr Zelten. Aber durch Karls Worte wackelte Majas Thron, und mit ihm bebte die Welt.

»Er wird auftauchen. Ich habe ihn persönlich eingeladen«, sagte Maja langsam, als ob Karl schwer von Begriff sei. Karl schüttelte den Kopf, sagte aber nichts mehr.

Wir warteten. Thomas bastelte Zigaretten aus Schulheften und trockenen Blättern, die sofort auseinanderfielen.

Wir warteten. Karl lehnte an einer Buche und notierte etwas auf einen Spiralblock.

Wir warteten. Ich fand in meinem Rucksack ein zerbröckeltes Snickers und teilte es mit Maja.

Wir warteten. Irgendwann stand die Sonne direkt über unseren Köpfen, irgendwann blinkten unsere Digitaluhren stumpf 12:00 Uhr in die warme Luft, und Maja stampfte auf, schrie die Sonne an, warum sie es heute so verdammt eilig hätte, in der Doppelstunde Kunst würde sie sich schließlich auch Zeit lassen.

Wir standen da, Majas Fingerknöchel weiß um den Griff des Messers. Ich fühlte mich plötzlich albern mit dem Stock in der Hand, der gestern noch Speer gewesen war und heute nur noch Spielzeug, und als es eins wurde, war es das erste Mal, dass Maja nicht recht gehabt hatte.

»Die nehmen uns nicht ernst«, sagte Karl. »Die werden uns nie ernst nehmen. Wir sind Kinder für die. Benedikt hängt wahrscheinlich mit den anderen gerade bei der Halfpipe und lacht sich kaputt über deinen Brief.« Er zitierte Majas Brief: »Wenn die Sonne am höchsten Punkt steht, kämpft, wo die Wiese den Wald küsst.« Er schüttelte den Kopf. »Das ist peinlich.«

Maja spuckte vor ihm auf den Boden.

»Sie sind bloß zu feige.«

»Wir hätten ihnen die Mofareifen zerstechen sollen. Irgendwie so was«, sagte Karl.

Thomas kratzte sich am Schritt, ich schwieg.

»Sie haben keinen Bock auf solche Kinderkacke«, sagte Karl, »und ehrlich gesagt, kann ich sie verstehen.«

Seine Stirn schimmerte rosa vom verwischten Blut. Maja stand auf.

»Und du, Nora? Bist du auch zu feige?« Sie sah mich an, mit offenem Mund. »Glaubst du auch, dass das hier alles Kinderkacke ist? Glaubst du auch, dass wir es einfach nicht bringen? Ob du auch zu feige bist, Nora.« Sie ging einen Schritt auf mich zu, blieb kurz stehen und küsste mich dann auf den Mund. Er brannte, wie

Münder zu brennen haben, wenn man sie überrascht. Sie stand sehr nah vor mir.

»Ob du auch glaubst, dass man alles mit sich machen lassen sollte. Ob du auch denkst, das sei schon in Ordnung, wenn irgendwelche Spastis dir auf dem Schulweg hinterherrufen, dein Vater sei ein Scheißkinderficker. Das findest du okay, oder? Das findest du echt in Ordnung. Du findest es in Ordnung, wenn Benedikt sagt, du seist eine Scheißkinderfickerbraut.«

»Benedikt hat aber nicht *meinen* Vater beleidigt«, sagte ich schnell, zu schnell, die Worte purzelten aus mir heraus, ich versuchte noch, sie im freien Fall zu fangen, aber es war zu spät, sie landeten vor Maja auf dem Boden. Maja ließ das Messer fallen, es fiel unspektakulär, ich war überrascht, dass es sich nicht bis zum Schaft in das Moos bohrte, es lag einfach nur da, zwischen uns das Messer und alles andere auch.

»Komm, wir gehen.« Karl hielt mir die Hand hin. Eine Jungshand, zu groß eigentlich für den Körper und ganz sicher zu groß für meine Hand, wald- und blutverschmiert. Die Sonne brach durchs Laub, Majas Gesicht gleißend.

»Dann«, sie lächelte, »dann mach ich es eben allein.«

Ich trat einen Schritt zurück, stolperte über eine Wurzel, Maja fing plötzlich an zu lachen, lauter denn je zuvor, mein Kopf schlug gegen den Baumstamm, Karl stürzte auf mich zu und half mir auf, ich schubste ihn weg, rannte los. Im Kopf dröhnte das Lachen nach, hallte in tausend Dezibel, den ganzen Weg aus dem

Wald heraus, und übertönte mein Keuchen, selbst als Karl mich längst eingeholt hatte, mir keuchend sagte, dass ich auf mich aufpassen solle, und als ich sagte, dass ich nicht wisse, wie, sagte er: »Dann übernehme ich das«, und dabei blieb es dann, bis heute.

Auf der Fahrt zurück vom Einkaufszentrum vergaß Karl, das Radio anzustellen, und ich las die Packungsrückseite der Milchpackung wieder und wieder. Von Bauern aus der Region. Von Bauern aus der Region. Von Bauern aus der Region.

ES MUSS DIE BESTE FEIER aller Zeiten werden. Sie muss uns heilen. Sie muss Karl die Neurosen nehmen und mir die Apathie und Jonas die Hoffnungslosigkeit. Leonie kann ja solange Gimlets mixen. Wir bröckeln auseinander, und das dürfen wir nicht, nicht diesen Sommer. Wir brauchen eine Feier, die uns die Gleichgültigkeit nimmt, vielleicht passiert etwas Schreckliches, vielleicht können wir gemeinsam jemanden aus dem Meer retten oder einen Krankenwagen rufen, vielleicht gibt es ein Feuerwerk, das wir uns zu viert ansehen können, während alle anderen allein sind, oder höchstens zu zweit. Wir brauchen irgendjemanden, der uns ein Zeugnis ausstellt, das besagt, wir hätten alles richtig gemacht. Wer das Zeugnis ausstellt, ist letzten Endes egal. Wir brauchen Außenbewertung, wir haben zu lange keine unglücklichen Menschen mehr gesehen, wir wissen ja gar nicht, wie gut wir es haben. Wir haben uns so viel gesehen, dass es mühsam erscheint, sich noch daran zu erinnern, wie schön wir sind. Wir sollten trinken und Freunde begrüßen und Drinks verteilen und uns dann sicher sein, dass wir gerade eine schwierige Phase haben, eine sehr schwierige meinetwegen, aber trotzdem nur eine Phase, denn Phasen vergehen, und für immer sind nur wir.

Heute ist der letzte Abend vor der Feier, und davor war ein angenehm mechanischer Tag. Vegetarisches Sushi rollen für morgen, obwohl Sushi natürlich frisch besser schmeckt, Getränke kalt stellen, den Pool reinigen, dem DJ sagen, er solle an Verlängerungskabel denken.

Am frühen Abend grillten wir draußen. Karl schwamm ruhige Bahnen im Pool, Leonie quetschte Zitrone über die Dorade. Emma-Lou stand am Beckenrand und stoppte die Zeit, ein lächerlicher Versuch, denn die Zeit stoppen konnte nur Maja. Jonas saß im Gras neben dem Grill und zog Grimassen, die Emma-Lou nachahmte, erstaunlich gut nachahmte, als koste es sie überhaupt keine Mühe, ihm so verdammt ähnlich zu sehen.

ICH SITZE DRAUSSEN AUF DER TERRASSE und schreibe, schreibe und schreibe, als könnte das die Party noch irgendwie retten. Manchmal kommt jemand vorbei und tippt mich an, fragt scherzhaft, ob ich nun Autorin sei. Am Anfang habe ich verneint, aber das Erklären wurde zu kompliziert, und seit einiger Zeit nicke ich nur noch, murmele was von Inspiration und zitiere wild aus Karls Buch, das langweilt die meisten schnell, und sie gehen weiter. Die Panik flackert immer wieder auf, ich muss schreiben, alles aufschreiben, damit man mir irgendwann sagen kann, was so falsch ist.

Die ersten Gäste trafen schon am Nachmittag ein. Sie brachten Gastgeschenke mit, Blumen und antike Beistelltischchen und schneeweißes Kokain. Wir trugen Stühle nach draußen, zwei ehemalige Zukunftsforscher bauten einen Feuerplatz in der Mitte des Gartens, der DJ schleppte seine Plattenkisten auf die Terrasse. Ich besprach mit ihm die Playlist. Erst Jazz, damit bewiesen wir, dass wir Geschmack haben, dann Poptrash, damit bewiesen wir, dass wir ironisch sind. Ganz spät dann Techno, damit bewiesen wir, dass wir die Neunziger immer noch nicht überwunden haben.

Jonas entkorkte, begrüßte, kühlte, umarmte. Leonie funktionierte, reichte Gläser, lachte zuverlässig, wir machten alles richtig, weil wir wussten, was sich gehörte. Solange wir Zuschauer hatten, lief die Show.

Um fünf waren es schon um die hundert Gäste, und um die hundert Mal hatte ich gelächelt und genickt, ja, es sei wirklich viel ruhiger hier, und das würde sich natürlich auch auf die Psyche auswirken. Wie es sich auswirkte, sagte ich nicht, denn im Gegensatz zu den meisten gab ich mir bei Smalltalk Mühe.

Eine Zeitlang stand ich am Rand des Pools und unterhielt mich mit dem Autor von *Verteidigung der Monogamie* und seinem nervösen Ghostwriter über irgendwas, das letzten Endes nur zeigen sollte, dass wir im Prinzip gleicher Meinung waren, uns aber trotzdem in Nuancen unterschieden, schließlich sind wir individuell. Der Autor lachte und erzählte, dass er seinen Ghostwriter auf einer Swingerparty kennengelernt hatte. Der Ghostwriter lachte nicht. Die Sonne glitzerte auf das Poolwasser. Der frisch gemähte Rasen tat, als sei er Teppich, und wir glaubten ihm, und bald lagen einige im Gras. Es würden noch mehr kommen. Menschen, die Handys hatten, die Kameras hatten, die Internet hatten. Menschen, die soziale Netzwerke nutzten, um zu zeigen, wo sie waren, damit ihre Follower wussten, wo sie nicht waren. Ich trank schnell, hastig, immer wieder sah ich im Augenwinkel lange blonde Locken. Karl küsste mich im Vorbeigehen auf den Schopf. Das kann er gut. »Kommst du in zwanzig Minuten mal in die Küche?« Ich nickte ein Lächeln.

»Und das klappt echt immer noch, euer Viererding?«, fragte der Ghostwriter von dem Monogamie-Buch und sah mich an wie ein alter Schäferhund.

Ich sagte so etwas wie »Zwischendurch will ich sie alle umbringen«, und bot ein Lachen an, damit der nervöse Ghostwriter auch versöhnlich lachen konnte, damit klar war, dass ich nicht glücklicher war als er, dass mein Leben nicht schöner war als seins, sondern genauso, nämlich schwierig, egal ob monogam oder nicht. Nur die eigenen Eltern freuen sich aufrichtig, wenn man mit irgendwas Erfolg hat, mit allen anderen versteht man sich am besten, wenn man ab und zu seufzt, ein bisschen jammert und zwischendurch euphorisch nickt.

»Ich frag nur, weil ich eine Anfrage bekommen hab. Sachbuch über Polyamorie. Vielleicht komm ich dann auf euch zurück.« Der Ghostwriter drehte sein Glas in den Händen. Irgendwo ging die Sonne unter. Der Garten füllte sich, versöhnlich neigten sich die Zweige der Bäume über uns. Menschen, die sich schon lange kannten, unterhielten sich trotzdem miteinander.

Nasse Körper kletterten aus dem Pool, schubsten sich wieder hinein und trockneten in der Abendsonne. Emma-Lou spielte mit ein paar älteren Kindern auf der Terrasse. Ich beobachtete, wie sie den Kopf auf die Tischkante senkte und die anderen einen Kreis um sie bildeten.

»Was spielt ihr da?«, rief Jonas herüber.

»Enthauptung«, rief einer der Jungs, bleich und dick und aus reiner Pragmatik antiautoritär erzogen.

»Emma-Lou trägt nämlich kein Kopftuch, deswegen müssen wir sie jetzt köpfen«, erklärte sein Bruder.

Die Mutter drehte sich stolz zu Jonas. »Sie sind sehr politisch«, und dann leise zu ihrem Mann, »und zu viel vor der Scheißglotze.«

Leonie lief vorbei, barfuß im weißen Kleid. Sie balancierte mit einer Hand ein Tablett und malte mit der anderen ein freudiges Winken in die Polyesterleben. Ich lief zu ihr und nahm mir ein neues Glas Crémant. Ein Regisseur vertrieb sich die Zeit damit, sich vor einer alternden Soapdarstellerin zu verstecken. Ich vermisste die Leute, die wir nicht eingeladen hatten, ich vermisste die Leute, die wir gar nicht kannten, von denen wir gar nicht wussten, wie schön sie aussahen, wenn sie morgens im Gras aufwachten. Wir waren viele, aber wir waren nicht genug.

Die beiden ehemaligen Zukunftsforscher unterhielten sich etwas abseits über Lou Reed und warum es heute eigentlich keine Musen mehr gebe. Ich sah auf die Uhr und ging in die Küche. Dort zerhackte Karl etwas Kokain auf einem Frühstücksbrettchen, auf dem in sehr hässlicher Schrift »Der frühe Vogel kann mich mal« stand. Leonie wusch ihre Füße im Waschbecken.

»Willst du auch?« Karl hielt mir das hässliche Vogelbrettchen hin. Ich schüttelte den Kopf. Kokain gehört in eine Ära, als Falco *Ganz Wien* sang und ich noch tot war. Dann flog die Tür auf, und Jonas stolperte herein, strahlend, und nahm Leonie in den Arm. Er flüsterte ihr irgendetwas zu, so etwas wie: »Die Gimlets sind Wahnsinn«, oder: »Deine Tochter spielt übrigens im Garten IS-Videos nach«, irgendwas, was Leonies Zähne aus den vollen Lippen schälte und sie breit lächeln ließ.

»Gib doch mal«, sagte ich zu Karl und zog eine Line von dem hässlichen Vogelbrettchen. Dann war alles kurz bitter und dann wieder sehr klar. Karl schlug ein Spiel vor, im Laufe des Abends müsse jeder etwas machen, was die anderen vier überraschte, und die großartigste, überraschendste, mutigste Aktion würde gewinnen.

»Was gewinnen?«, fragte ich.

»Den Hauptgewinn«, sagte Karl und ließ den Crémantkorken knallen, und dann sagte Jonas: »Den haben wir doch schon«, und küsste Leonie, und Karls Mund zuckte nur kurz, bevor er sich beeilte, mich zu küssen, aber wir waren zu langsam, wir waren Nachzügler, und Karl küsste aggressiv, um unser Verlieren wieder wettzumachen. Ich drückte mich an ihn und schob seine Hand unter meinen Rock. Schnelligkeit durch Intensität kompensiert. Es konnte losgehen.

Draußen war mittlerweile alles dunkelblau, voller heller Fackelflecken, und das Licht des Feuers ersetzte den Instagram-Weichzeichner. Die Kinder jagten sich über die Wiese bis an den Waldrand, die Gespräche wurden noch einmal leiser, bis sie, wenn sich der Himmel ganz für Schwarz entschieden hätte und alle betrunken waren, wieder lauter werden konnten. Ich unterhielt mich mit einer veganen Radioredakteurin.

Sie erklärte mir, dass sie gerade an einem Stück über Stalking arbeite, überhaupt über die Kulturtechnik Stalking, bei Rapunzel zum Beispiel, da sei der Prinz ewig lang blind durch den Wald gestolpert, um Rapunzel zu suchen, und Blindheit sei natürlich eine Metapher für das blinde Verlangen, der blinde Fleck der Liebe quasi, in dem doch die ganze Romantik liege.

»Wo ist denn Nathan?«, fragte ich. Ihr Ehemann kann sehr gut Tiergeräusche nachahmen.

»Kein Nathan mehr«, sagte sie und trank hastig ihr Glas aus. Wir sahen eine Zeitlang ins Dunkel.

»Ich muss mal schnell nach meiner Schildkröte sehen«, sagte ich.

Die vegane Radioredakteurin nickte hastig, sie wolle eh gerade, da drüben sei ja Ava, die habe sie seit ihrem Entzug gar nicht mehr gesehen, das Blond stehe ihr phantastisch. Mir wurde kurz sehr heiß, als das Wort »blond« fiel, dann nickte ich, viele waren blond, blond gehörte nicht Maja. Die vegane Radioredakteurin drehte sich ruckartig um.

»Ich glaub, Jonas macht gleich seine Aktion.« Leonie lächelte mir im Vorbeigehen zu. »Hast du Karls Merkel-Imitation gesehen?« Ich schüttelte den Kopf, hatte ich nicht, kannte ich schon, brauchte ich nicht noch mal. Ich suchte stattdessen nach dem Ghostwriter. Ich meinte mich zu erinnern, dass er eine schöne Kieferpartie hatte, und ich wollte ein bisschen in schöne geschwungene Gesichter sehen. Ich wollte ein bisschen trinken, ein bisschen Glanz, ich wollte keine Spannung, schon gar nicht von Jonas.

»Wir können immer noch abhauen«, sagte Karl einige Tage nach dem Vorfall mit Benedikt und sah von seinen Matheaufgaben auf. Wir saßen am aufgeräumten Esstisch im aufgeräumten Wohnzimmer meiner aufgeräumten Eltern. Es war zu einer Gewohnheit geworden, dass er nach der Schule mit zu mir kam und wir gemeinsam die Hausaufgaben erledigten. Karl war gut in der Schule, und ich war gut darin, mir helfen zu lassen.

»Einfach weggehen, verschwinden, Kinder verschwinden doch ständig.« Karl legte den Bleistift beiseite. Ich überlegte kurz, ob es wohl auffallen würde, wenn ich weg wäre, aber zumindest akustisch würde es in diesem Haus keinen Unterschied machen.

»Wieso sollen wir abhauen, wir haben nichts gemacht. Wir können nichts dafür«, sagte ich.

»Wir nicht. Aber Maja. Du weißt, dass sie es war. Und keiner wird uns glauben, dass sie gefährlich ist.«

Die Zahlen verschwommen vor meinen Augen. Er sah mich an. Dreisatz. Einfach. Man muss sich nur konzentrieren.

»Abhauen ist nicht schwierig. Ich habe eine Angel. Wir können Forellen fischen. Es ist sehr einfach, es kommt nur auf den Köder an. Ich kenn mich da aus.« Karl legte kurz seine Hand auf meine. Ich zog sie weg. »Vielleicht war es ein Unfall. Es ist überhaupt nicht sicher, ob Maja was dafür kann. Wir wissen nicht einmal, ob sie mit dabei war. Weil sie wegen dir und deinen blöden Anschuldigungen nicht mehr mit uns redet.«

»Willst du sie etwa verteidigen?« Er zog die Stirn in Falten, die gerade Narbe kräuselte sich zu leichtem Wellengang. Es war die letzte Prüfung vor den Sommerferien. Ich sah auf mein Arbeitsblatt.

»Hast du bei der vierten auch 12 raus?«

»Ne«, er stand auf. »Ne. Da kannst du die zwei wegkürzen.« An der Tür drehte er sich noch einmal um.

»Zum Beispiel Mais. Forellen beißen oft bei Mais an. Nur falls du es dir anders überlegst.«

»Noch eine Runde! Come on and let's get pissed!«, rief der Kunstkritiker einer untergehenden Tageszeitung und hob das Glas. Etwas Rotwein schwappte über. »Mensch, Hagen«, sagte seine Freundin und wischte vergeblich an dem Rotweinfleck auf ihrer Bluse herum. Der Kunstkritiker drehte sich zu Leonie, die mit einer Hand ein Tablett voller Wodkagläser balancierte. Dabei stieß er gegen sie, die Gläser fielen zu Boden, und natürlich wurde ihr weißes Kleid dabei nass, und natürlich sah man ihre vorwurfsvollen Brüste. Der Kunstkritiker starrte einige Sekunden darauf, dann grinste er: »Verzeihung, Schokoprinzessin.« Leonie lüpfte eine Augenbraue und klärte den Kritiker über rassistische Ressentiments auf, während sie die Scherben vom Boden aufsammelte. Der Kritiker wurde rot, beeilte sich zu sagen, dass er das als Kompliment gemeint habe, schließlich stehe er auf exotische Frauen. Er redete sich immer mehr ins Unglück, bis ihn seine Freundin entnervt zur Seite zog und sich knapp für ihn entschuldigte. Die beiden ehemaligen Zukunftsforscher lächelten im Präteritum.

Ein paar Fetzen der Kirchturmuhr verfingen sich bei uns, 22 Uhr. Bei Partys, die früh anfangen, ist das immer ziemlich genau der Moment, an dem man sich entscheiden muss zwischen der pochenden Fremdscham, die sich für den nächsten Tag ankündigte und dem heftigen Wunsch, Teil der Euphorie zu werden. Natürlich sehen Erwachsene, die Flaschendrehen spielen, albern aus, aber noch alberner sehen Leute aus, die dabei zusehen, wie andere Leute Flaschendrehen spielen und die Albernheit der anderen mit hochgezogenen Brauen strafen. Eine Party steht und fällt mit dieser Entscheidung, die jeder einzelne Gast treffen muss, mal mehr, mal weniger bewusst, und erst spät, gegen eins vielleicht, werden sich alle entschieden haben, erst ab da kann man eine Feier wirklich beurteilen.

»Davon abgesehen«, Neil lachte grell, gebleachte Zahnreihen kamen zum Vorschein, »davon abgesehen haben wir Broker-Boys einfach viel weniger Zeit. Und unser Drogenkonsum will auch kein Storytelling sein, sondern Mittel zum Durchhalten.« Er schnalzte mit der Zunge und zog laut Luft ein. Seine Augen huschten panisch die anderen Gäste ab. Er redete noch eine Weile weiter, und ich ruhte mich in wohltuender Passivität aus. Die Börsencrashs. Warum das alles vorhersehbar war. Weshalb man jetzt in Lizenzkauf-Start-ups investieren solle. Er überlege da an einer App herum, die den User beschränken solle. Entscheidungen abnehmen solle. Ich sah ihn sehnsüchtig an.

»Ist aber noch in der Entwicklung«, schob er schnell hinterher, und mir fiel ein, dass ich gar kein Smartphone mehr besaß. Er tippte mich an und zeigte auf Elena, eine alternde Jazzsängerin. Sie war eine der Frauen die wir eingeladen hatten, damit die anderen sich »Guck mal, die ist ja echt ein Original« zuraunen können. Ihr Haar türmte sich grotesk, in die Höhe zusammengehalten von einem ausgestopften Vogel.

»Ist doch krass, für was die Leute alles Zeit haben, oder?« Neil lachte. »Die ist ja echt ein Original«, dabei spuckte er mich ein bisschen an.

Ich kenne Neil von meinen Parkausflügen. Er sitzt morgens oft auf einer Bank neben dem Büdchen, an dem man Zigaretten und Bratwurst kaufen kann. Er sitzt da, die lederne Umhängetasche auf dem Schoß, mit durchgedrücktem Rücken und im Anzug. Sehr lange sitzt er da. Punkt 12 steht er auf und kauft bei dem Büdchen eine Rostbratwurst. Dann sitzt er wieder. Ab und zu sieht er auf seine Uhr. Ich dachte darüber nach, ob die anderen Partygäste hier wohl auch ein Bewusstsein hatten. Oder ob sie auch dachten, dass sie die einzigen mit Bewusstsein waren. Ich wünschte mir Müdigkeit. Ich wünschte mir, mich an die Schulter eines dicken, milden Mannes zu lehnen, aber mild war hier niemand und dick schon gar nicht. Ich wollte mich in einen Schoß vergraben, irgendeinen schüchternen Lyriker-Schoß, dessen Besitzer mir sanft übers Haar streicht und alles mühsam in Metaphern übersetzt, die ich nie entschlüsseln werde, irgendwas mit Geröll und seltenen Erden, aber hier waren keine Lyriker. Hier war nur die angebrochene Nacht. Hier war nur das zu überspielende Lachen. Hier drohten angekündigte Überraschungen. Hier drohte das Überbieten. Hier war viel zu viel Bereitschaft, auch von mir.

»Pflicht«, rief jemand, auf den die Flasche zeigte, und er wollte es mutig sagen, dabei wussten doch alle, wie sehr sich hier jeder nach der Pflicht sehnte. Ich suchte weiterhin den Ghostwriter und fand einen Art Director mit Locken. Immerhin. Braungebrannt und ungefährlich. »Suchst du was?«, fragte ich, und die Locken schüttelten erfreut den Kopf.

»Warum nicht?«, fragte ich und fand es tatsächlich eine Frechheit, dass er nichts suchte, als ob er hier nichts verloren hätte. »Ich zeig es dir trotzdem«, sagte ich und nahm ihn bei der Hand.

Ich nehme gern Leute bei der Hand. Von außen sieht es dann so aus, als würde ich irgendwohin steuern, aber in Wahrheit lasse ich mich schieben, von der eigenen verdutzten Entschlossenheit, die ganz aufgeregt wird, weil sie nun endlich mal was zu tun hat. Ich ließ mich von ihr in Richtung Wald schieben.

Die Locken machten sich Hoffnungen, die ich geflissentlich ignorierte. Als ob ein Wald ein Versprechen sei. Ein Wald ist ja meistens eher eine Drohung. Maja wüsste das. An Stelle der Locken hätte ich jetzt eher Angst als Hoffnung, und ich malte mir kurz seinen verdutzten Blick aus, wenn ich mich im Wald höflich als Axtmörderin vorstellen würde. »Ja, genau, Axtmörderin. Ich hatte keine Wahl, ich komme aus einer alten Axtmörderfamilie. Mir wurde der Axtmord schon in die Wiege gelegt, sprichwörtlich. Unsprichwörtlich wurde mir aber tatsächlich eine Axt in die Wiege gelegt. So eine niedliche Kinderaxt, mit der ich meinen Puppen die Köpfe abschlagen sollte. Das habe ich natürlich nicht getan. Ich habe ihnen die Axt stattdessen in den Bauch gerammt. So eine eigene Handschrift ist wichtig für einen Axtmörder. Das werden Sie als Kreativer sicherlich verstehen.«

Aber ich hatte keine Axt. Ich hatte nicht einmal eine Ahnung. Der Wald war dunkel, als wäre das eine Überraschung, und die Mücken freuten sich über den Besuch. Auch sie feierten eine Party. Auch sie hatten noch viel zu viel vor sich. »Was willst du mir zeigen?«, fragten die Locken nach einer Weile dunklen Waldes, und seine Stimme enttäuschte sich. Ich blieb stehen. Meine Entschlossenheit verschränkte die Arme und schaute mich erwartungsvoll an. Und nun? Ich vermisste Jonas. Ich mochte keine Wälder. Maja war Wälder. Aus der Ferne wieder ein Johlen. Ich wollte es den Locken zeigen. Ich wollte ihm alles zeigen. Ich wollte es ihm zeigen. Schau, das ist die Welt. Schau, das ist die Nacht. Schau, das ist das Warten. Schau, das ist Leere. Schau, das ist eine böse Ahnung. Schau, das ist eine gute Ahnung. Schau, das ist Weitermachen. Schau, das ist Norden. Schau, das ist die Liebe. Schau, das ist ein Weberknecht. Schau, das sind Besonderheiten. Schau, das ist eine schlechte Erfahrung. Schau, das ist der Tod. Schau, das ist ein Schulterzucken. Schau, das ist der richtige Weg. Siehst du? Genau da? Nein, der andere, ja genau, der, der, den gehe ich jetzt. Auf Wiedersehen. Aber nichts davon sah ich. Nur Dunkel und Bäume und all das, was Axtmörder sein könnten, aber nicht waren.

Die Locken wurden skeptisch. Sie hatten recht damit. Ich zeigte auf einen Baum, dann zeigte ich neben den Baum. »Da ist zum Beispiel kein Baum«, sage ich. Ich sagte es langsam und schwer. Ich nickte dabei. Die Locken nickten nicht. Oder ich sah es nicht.

Niemand hatte es gesehen. Es gab keine Zeugen. Benedikt war nicht der Erste. Dass Unglücke passieren, ist normal. Vor allem, wenn die Brücken so einladend gebaut sind, mit breiten Steingeländern, die nach oben zulaufen und auf dem Mittelpunkt der Brücke, einige Meter über der Fahrbahn, ihren Höhepunkt finden. Es ist normal, dass Jungs darüber klettern. Das sind Mutproben. Mutproben sind normal, wenn man auf dem Land lebt, weil man die Geschichten über Marder- und Waschbärenplagen nicht mehr erträgt. Mutproben sind normal, und wenn Mutproben auf dem Schulweg liegen, sind sie noch viel normaler. Dass der Fluss im Spätsommer nicht viel Wasser trägt, ist auch normal. Das passiert in Sommern, die sich die Zeit damit vertreiben, neue Hitzerekorde aufzustellen. Das Wasser verschwindet, Wissenschaftler sind sich da sicher, es kommt nicht wieder.

Sommer sind lang, im Sommer ist wenig Schule, und in Vororten ist von allem noch viel weniger. Alles liegt brach und tut ganz ewig. Ab und zu kommt ein Wind, dann atmen alle kurz auf. Gestorben wird hingegen, entgegen Majas Aussage, viel weniger im Sommer als im Frühjahr oder Herbst. In der Sonne verwesen die Körper schneller. Die Hinterbliebenen müssen dann sehr hektisch ein Begräbnis organisieren. Das bedeutet viel Stress, viel Arbeit, und das in den großen Ferien, wo man doch in Urlaub fahren wollte. In unserem Vorort tat man das einander nicht an, denn man war rücksichtsvoll. Kinder wurden über Straßen gewinkt. Alten Damen wurden die Einkaufsbeutel mit dem Frosch drauf getragen, bis nach Hause. Man starb nicht im Sommer. Das gehörte sich nicht. Es gab Ausnahmesituationen. Vielleicht starb man im Ausland, an einer kuriosen Krankheit oder bei einem Tuk-Tuk-Unfall, aber im Ausland war man selten. Das Ausland war weit weg, und weit weg mied man, wie alles Fremde.

Die Brücke gab es, um den Fluss zu überqueren. Dafür sind Brücken da. Dafür war diese Brücke da. Die

Brücke stand unter Denkmalschutz, denn ein Gebäude mit Denkmalschutz ist plötzlich auch ein Denkmal, und ein Denkmal steht jeder Stadt gut und jedem Vorort sowieso. Die Brücke lag auf dem Schulweg, sie war schon lange nicht mehr stabil, LKWs und Schulbusse durften sie nicht passieren, deswegen mussten wir von da aus den letzten Kilometer zur Schule zu Fuß zurücklegen.

Morgens schoben sich bunte Rucksäcke von Grundschülern und zerfledderte Eastpaks von den älteren Kindern über die Brücke, sehr langsam schob sich der Trott, es war eine Zumutung, wie früh die Schule begann.

Benedikt war nicht der Erste gewesen, der über das Geländer balanciert war. Einen halben Meter ist es breit. Circa sechs Meter geht es hoch, dann sitzt man unsicher auf dem höchsten Punkt, versucht aber, selbstbewusst den anderen zuzuwinken, vielleicht sogar der einen, und dann fürchtet man sich vor dem Abstieg, der doch sicher kommt, der immer kommt. Weit unter einem wartet der Fluss, im Frühling brüllt er, später ruft er dann leiser, murmelt sich den Weg bis zur Seenplatte. Man fällt nicht in den Fluss. Ein halber Meter ist sehr breit. Der Aufstieg ist sanft, eine Steigung von höchstens 15 Prozent, und der Abstieg ebenso, auch wenn man das nicht glaubt, wenn man oben ist. Wie gesagt, Benedikt war nicht der Erste gewesen. Davor sind andere auf die Brücke gestiegen. Sie haben sich festgehalten. Sie haben nach vorne gesehen und sich konzentriert. Einmal gab es einen, der oben kurz freihändig stand. Das war vor vielen Jahren. Manchmal kam er wieder aus der Stadt zu Besuch, er hat Jura studiert später, er fuhr einen alten Porsche, und wenn man ihn danach fragte, nach damals auf der Brücke, freihändig, wirklich, freihändig?, lächelte er nur und leugnete, dass er da jemals hochgeklettert war, ist doch viel zu gefährlich, dann zwinkerte er den anderen Erwachsenen zu. Aber wir wussten es. Alle wussten es. Wie gesagt, es sind schon Leute vor Benedikt auf die Brücke gestiegen. Wie gesagt, Mutproben sind normal, sie sind ganz normal. Viele Leute machen Mutproben. Das gehört ja fast dazu, zu einer schönen Kindheit. Mutproben sind das Normalste der Welt, hatte Maja gesagt, das Normalste und Unauffälligste der Welt.

Die Locken hatten sich irgendwann umgedreht, mich starr angesehen mit wütendem Bärenblick. Ich stand noch kurz im Wald, aber dann fiel mir wieder ein, dass der Wald Maja gehörte, und ich ging zurück, zurückgehen ist einfach, zurückgehen ist Wiederholung, und Wiederholung hat immer recht, ist immer Vergangenheit mit Prüfsiegel.

Die Verzweifelten spielten immer noch Flaschendrehen. Leonie lag über der Gartenbank und schlief, der Kunstkritiker streichelte ihr über die Haare. »Eine ganz andere Haarstruktur«, flüsterte er, als ich die beiden passierte, »so rau, ganz rau.« Seine Freundin diskutierte mit dem Ghostwriter, wie die perfekte Bar auszusehen habe und ob man die perfekte Bar aufmachen oder halt doch endlich mal Yoga lernen sollte.

In der Mitte des Gartens glommen die Reste eines Spanferkels vor sich hin. Die vegane Radioredakteurin stand mit eingesunkenen Schultern daneben, einer der ehemaligen Zukunftsforscher nahm sie tröstend in den Arm. Ein Kurator, der sich nur »der Kurator« nannte, lief an mir vorbei, ich hielt ihn kurz an, fragte, ob Jonas etwas Verrücktes gemacht habe oder irgendwer anderes. Er sah mich teilnahmslos an, dann schüttelte er den Kopf und trat seine Zigarette aus. Wir schauten beide aufs Meer, dem es egal war.

»Wo sind denn die anderen?«, fragte ich. Ich frage gern nach den anderen, weil jeder weiß, wer gemeint ist, weil jeder weiß, zu wem ich gehöre.

»Karl spielt auf jeden Fall noch.« Er zeigte auf die Flaschendrehrunde.

»Okay, Wahrheit!«, rief Karl, und irgendjemand fragte irgendetwas, im besten Fall gelang die Gratwanderung zwischen Schlüpfrigkeit und Souveränität, und im besten Fall gab Karl eine Antwort, die nicht wahr, aber unterhaltsam war, bei Wahrheit ging es schließlich nicht um die Wahrheit, es galt, sich als fehlerhafter Mensch zu beweisen, man machte sich ein bisschen nackt, damit den anderen der Wunsch, nackt zu sein, nicht ganz so unangenehm war.

Der Kurator erzählte mir von einer Mumienausstellung mit dem Titel »Sterben, später«, in einem Kaufhaus wolle er die machen, einem alten Kaufhaus, das den Geist und Glanz der alten Zeit atmete. Er erzählte von Rolltreppen aus Holz und Feinkostabteilungen und dazwischen die Mumien. »Memento Mori und Carpe Diem, Herz, das wird so barock, du musst kommen«, sagte er, und ich wurde sehr müde. Ich lehnte mich an ihn, stellte ab und zu blöde Fragen nach der Ausstellung und sah ihn mit großen Augen an, bis die Müdigkeit sie mir immer wieder zufallen ließ und ich mich irgendwann nachtschwer verabschiedete. Der Kurator küsste mich kurz auf den Mund, dann erklärte er mir, dass man sich in der Stadt so verabschiede, unter Freunden. Dabei wusste ich, dass man sich in der Stadt so verabschiedet, unter Freunden oder halt unter Freunden, von denen zumindest einer lieber küssen möchte, als sich zu verabschieden. Er strich mir kurz über den Kopf.

»Gute Nacht, Herz«, sagte er. Ich war noch nicht im Haus, als er mir noch hinterherrief.

»Herz?«

»Kurator?«

»Da hat vorher so eine nach dir gefragt.«

Auf einmal war es genauso dunkel wie davor, nur noch viel dunkler. Es war Nacht, es war Nacht, es war Nacht.

»Wer?« Der Wald. Ich hätte nicht in den Wald gehen dürfen.

»Hab den Namen vergessen. Blond war die. Kannte ich aber nicht. Sehr schöne Frau. Ich wollte sie noch fragen, ob ich sie an einen befreundeten Fotografen empfehlen darf, aber hab sie später nicht mehr gesehen.«

Ich nickte und stolperte durch die Terrassentür in die Küche. Auf dem Boden lag der andere Zukunftsforscher und war entweder tot oder schlief. Wahrscheinlich tot. Wahrscheinlich alle tot. Ich suchte Jonas. Ich suchte Leonie. Ich suchte nach Karls Tablet. Nichts davon fand ich. Im Wohnzimmer tanzten mittlerweile viele der Gäste zu House und fühlten sich jung. Man flirtete umständlich. Manche lächelten sich im zufälligen Vorbeigehen zu, und wenn das nicht half, lief man noch einmal zufällig vorbei. Alle hatten Gefühle. Man weiß das ja. Das steht ja überall, in den sozialen Netzwerken sieht man es. Bedrückter Smiley. Gähnendes Emoticon. Schöne Welt. Und keiner weiß, wohin mit all dem Gefühl. Man sollte es spenden, an gefühlsärmere Länder.

»Hast du Jonas gesehen?« Ich stieß mit einer Fotografin zusammen.

»Sorry, ich bin Fotografin«, sagte sie.

Sie band sich die verschwitzten Haare zusammen, dann drehte sie sich um und lief in die tanzende Menge. Ich suchte Jonas, überall. Er war nicht in der tanzenden Menge, weil er Jonas war und nicht Teil einer tanzenden Menge. Draußen war das Flaschendrehen schon lange zu einer etwas schüchternen, aber zumindest ehrlichen Orgie verkommen, Karl richtete ab und zu eine Einwegkamera auf die Paare. Die Fackeln gaben genug Licht, um sich halbwegs sicher zu fühlen. Wenn Maja schon nicht auf Mails antwortete, würde sie sicher nicht hier auftauchen, davon abgesehen, dass wir sie natürlich nicht eingeladen hatten.

Ich griff nach einer angebrochenen Flasche Crémant und leerte sie zügig. So gehört sich das. Flaschen gehören geleert. Münder gehören geküsst.

ICH NOTIERE, UM NICHTS ZU VERGESSEN, jedes Detail ist wichtig, das soll mein Therapeut alles lesen, damit er die nächtliche Panik versteht, damit er mir sagt, wie ich sie loswerden kann. Ein dickliches Mädchen beugt sich zu mir und hält mir einen Joint hin. Sie sieht jung aus. »Als Kind ist alles ein Hindernis. Wenn man erwachsen ist, ist immer noch alles ein Hindernis.« Wir unterhalten uns über ihre Kindheit. Lange kann das nicht her sein, und deshalb hat sie viele Erinnerungen, und die will sie offensichtlich alle mit mir teilen.

Ich nicke und frage sie dann nach Jonas.

»Der ist irgendwo oben, glaube ich. Mit Leonie – heißt sie Leonie?«

Ich nicke und frage nicht weiter. Bei Leonie ist Jonas also. Ich wünschte, ich würde ihn immer noch suchen, ich wünschte, ich würde das nicht wissen, ich wünschte, das Finden würde abgeschafft werden und nur das Suchen bliebe, all das Glück fest im Konjunktiv. Ich geh ihn gleich suchen. Gleich, wenn die Gegenwart wieder lauter ist als die Vergangenheit.

Es ist dunkel, ich hätte jetzt gerne mein Handy, ich sehe beim Notieren kaum noch etwas.

Eine Woche nachdem sie Benedikts Körper an dem Ufer, an dem sonst die Hauptschüler saßen, geborgen hatten, sprachen Karl und Maja endlich wieder miteinander. Wir saßen zu viert in der Scheune und überlegten, wie wir eine ganze Menge Geld machen konnten, und dann überlegten wir, was wir mit einer ganzen Menge Geld anfangen würden. Es war das erste von vielen Treffen, die Maja später »Gründerzeit« nannte. Das war wichtig, denn es gab Dinge nur, wenn Maja sie benannte. Innerhalb weniger Wochen waren wir in der Schulhierarchie so weit aufgestiegen, dass man uns die letzte Reihe im Bus freimachte, auf der sonst nur die Mittelstufenschüler saßen. Fünf Plätze, vier davon für uns und einer allein für unsere Jacken und Rucksäcke. Wir waren 13 und versorgten die Vorstadtjugend mit Alkohol und Gründen, später sagen zu können, die Jugend auf dem Land sei viel härter als in der Stadt.

Es sei in Ordnung, aus Toten Profit zu schlagen, sagte Maja bei diesem ersten Treffen. Die Welt gehöre schließlich nicht den Toten, sie gehöre genaugenommen überhaupt niemandem, die Älteren leihen sie sich von den Jüngeren, und auch die haben sie nur gestohlen.

»Wer stirbt, wird vergraben«, erklärte Maja uns vom höchsten Strohballen aus, »und dann gehört man wieder allen, man wird Erde und dann Gras, und das frisst dann eine Kuh, die gibt Milch, und dann kommt ernsthaft irgendein Mensch und sagt, das sei seine Milch, weil er dafür bezahlt habe.«

»Die Menschen sind allesamt bescheuert«, sagte

Maja, bis auf die Indianer, die wüssten, dass ihnen gar nix gehört, kein Baum und nix, aber dafür wüssten sie auch nicht, wie man Atombomben baut, und deshalb sitzen sie jetzt depri in Naturparks herum.

So erklärte Maja uns, dass es in Ordnung sei, für Benedikt eine Trauerfeier zu organisieren, und dass es auch in Ordnung sei, dafür Eintritt zu verlangen. Die Idee mit der Trauerfeier sei genial, sagte Maja, zu einer Trauerfeier würde jeder kommen, weil man sonst zugeben müsste, dass Benedikt ein komplettes Arschloch war, und bei uns auf dem Land war man höflich. Man könne sich darauf verlassen, dass Trauernde immer verlogen sind.

Ich dachte noch über die Indianer in den Naturparks nach, ließ Halme durch die Finger rieseln und nickte abwesend.

Weil es Maja war, glaubten wir, dass es in Ordnung war. Wir glaubten es, als wir Herbert am Kaufland abpassten und ihn baten, kistenweise Malibu-Schnaps zu kaufen. Wir glaubten es, als er stotternd verneinte. Wir glaubten es, als Maja ihn erst flehend und dann drohend ansah, wir glaubten es, als Maja ihm erklärte, wie die Polizei reagieren würde, wenn sie weinend und mit einer genauen Beschreibung seiner Bettwäsche im Revier aufkreuzen würde. Wir glaubten es, weil Maja uns erklärte, dass der Schnaps eigentlich nicht dem Laden, sondern allen gehöre, und wir glaubten es, weil ohne sie die bleierne Ödnis des Vororts kaum zu ertragen war. Weil es besser war, wenn etwas passierte, als wenn nichts passierte, und so viel wussten wir: Bevor Maja da war, passierte wenig, nur manchmal wieherte müde ein Pferd, oder einer trat irgendwo gegen.

Die Indianer, sagte Maja, hätten zwar kapiert, dass ihnen nichts gehört, aber sie haben nie verstanden, dass sie so tun müssen, als ob.

Das klang derart verwirrend, dass ich es kurz entschlossen für einleuchtend befand. Was Maja sagte, war immer einleuchtend, solange sie es beleuchtete. Sie war immer einen Schritt weiter, und wenn wir uns noch an die letzten Tage klammerten, war sie schon mal vorgegangen. Und so organisierten wir zum zweiwöchigen Todestag unseres Mitschülers die erste richtige Party unserer Schule. Als Ort hatten wir das chinesische Restaurant am Ende der Hauptstraße ausgesucht.

Die alte Chinesin öffnete mir und Thomas die Tür. Wir beide waren geschickt worden, um sie zu überreden, eine Horde Mittelstufenschüler hier feiern zu lassen. In der rechten Hand hielt sie ein Tablett mit klebrigem Reisschnaps. Zur Gaststube musste man drei Stufen nach unten gehen.

Maja hatte das Restaurant gefunden. Keiner von uns war davor jemals mit seiner Familie da gewesen. Meine Eltern fanden Essengehen an sich eine reine Geldverschwendung, zumindest vermutete ich das, weil sie jedes Mal schweigend den Kopf schüttelten, wenn meine Schwester oder ich danach fragten. Karl und Thomas gingen mit ihren Familien immer nur in die Pizzeria neben der Schule.

Thomas und ich hatten, bevor wir uns trauten, zu klingeln, die Chinesin schon eine Weile durch das milchige Glas der Tür beobachtet. Gäste hatten wir in den zwei Stunden keine gesehen. Dabei hätten sich meine Eltern bei der Chinesin sicher wohl gefühlt, denn sie sprach kein Wort Deutsch. Also sagte Thomas immer nur: »We are very sad«, und ich sagte: »Party! Sell lots of drinks! Good for you.« Sie nickte nur freundlich, und das hörte auch nicht auf, als wir den Ghettoblaster von meiner Schwester und Herberts Wodka mit dem hässlichen Etikett anschleppten. Es roch leicht nach Frittieröl, an den Wänden hingen grelle Bilder von mandeläugigen Menschen bei der Reisernte.

Die Stühle und Esstische hatten wir schon am Nachmittag zur Seite geschoben, und jetzt stand Maja an der Tür, in einem paillettenbesetzten, schwarzen Abendkleid ihrer Mutter. Vor ihrem Gesicht hing ein Schleier, die dunkelrot angemalten Lippen konnte man nur erahnen.

»Drei Euro bitte, für Benedikt«, sagte sie mit brüchiger Stimme, und dann, als sie Karl, Thomas und mich erkannte, in normaler Stimmlage: »Ach, ihr seid es.«

Auf dem Boden saßen einige Mitschüler in schwarzer Kleidung und flüsterten leise miteinander. Thomas stand hinter einem der Tische am Rand und schenkte mit einer Suppenkelle etwas aus einem Plastikeimer in filigrane, blauweiße Tassen.

»Was ist das?«, fragte ich, und Maja flüsterte: »Bowle. Alles, was hier rumstand, mit dem Wodka zusammengemischt. Und ein bisschen Abflussreiniger.«

Ich sah sie entsetzt an.

»Mensch Nora, das war ein Witz.«

Mein Magen zog sich zusammen. Ich wusste, dass ich nicht dumm war, meine Zeugnisse belegten das, Freunde meiner Eltern erwähnten es anerkennend, ich konnte Querflöte und Klavier spielen und war Klassenbeste in Deutsch und Englisch. Aber Maja fand stets die Leerstellen in meinem Kopf, sie legte zielsicher ihren Finger darauf, dorthin, wo nichts war, nur gähnende Blödheit. Leerstellen für Dinge, die ich noch lernen würde, zum Beispiel, dass das grüne Zeug an Tomaten krebserregend ist und dass bei IKEA immer nur der Mensch irrt oder dass Frauen schneller kommen, wenn sie warme Füße haben.

Sie zog mich auf die Damentoilette und zerrte ein Etui mit Avon-Kosmetik aus ihrem Rucksack.

»Setz dich aufs Klo«, sagte sie.

»Ist das von deiner Mutter?«, fragte ich.

»Wie du wieder aussiehst«, sagte sie.

Sie erklärte mir, dass man sich dem Anlass entsprechend kleiden und schminken müsse, das sei eine gesellschaftliche Vereinbarung, so, wie man Fremden die Hand gab oder lieb lächelte, wenn einem erwachsene Männer einen Klaps auf den Hintern gaben, dann lachte sie. Ich hielt still, Maja holte etwas aus dem Etui.

»Mund leicht öffnen.« Ich gehorchte, Maja schmierte mir klebrigen Lipgloss auf die Lippen.

»Ich habe sogar meinen Feiertagstanga an«, sagte sie und grinste. »Er ist schwarz. Weil das ein schwarzer Tag ist.«

Gegen zehn klopfte sie mit einem Stäbchen an chinesisches Geschirr und räusperte sich. Thomas stellte den Ghettoblaster leiser, die anderen drehten sich auf dem Boden zu ihr. Maja stieg auf eine Sitzbank in der Ecke und beschwor die Gäste, dass wir heute auf Benedikt trinken würden, dass wir unsere Sinne verlieren müssten, genau wie Benedikt sie verloren hatte, da oben. Sie sagte, dass wir den Schwindel nachempfinden müssten, den er empfunden habe. Sie sagte, der Tod sei der Schlaf, der für immer umarmte, und sie sagte, dass nächste Woche eine weitere Party stattfinden werde, alle seien eingeladen, Eintritt nur zwei Euro. Ich dachte, dass die anderen wahrscheinlich bis auf »Trinkt viel« wenig verstanden hatten, aber wahrscheinlich war es sowieso nur darum gegangen.

»Eine Suppenkelle Bowle nur 50 Cent! Auf Benedikt!«, rief sie und hob ihr Glas, und der Raum wurde kurz still, weil niemandem geläufig war, dass man daraufhin ebenfalls sein Glas hob und zurückrief: »Eine Suppenkelle nur 50 Cent! Auf Benedikt!«. Thomas stellte die Musik wieder lauter, und später übergab ich mich zum ersten Mal in meinem Leben von Alkohol in eine Schale voller Glückskekse.

Jahre später sind Karl und ich noch einmal zu dem

Restaurant gefahren, aber die Tür war verrammelt, und durch die Fenster sahen wir nur einen leeren Raum. Allein die Eckbank war noch da, die Menschen mit den mandelförmigen Augen an der Wand ernteten etwas blasser als zuvor den Reis.

ICH BIN IN EINEM AUTOBAHNRASTHOF. Ich trinke dünnen Rasthofkaffee an einem hässlichen Rasthoftisch, es ist früh morgens, was bei mir eigentlich immer heißt: viel zu spät, und das ist es sicher, viel zu spät.

Ich ging zurück ins Haus, um dem Mädchen, das so jung aussah, ein Glas Wasser zu holen. Auf dem Weg stieß ich mit Karl zusammen.

»Jonas«, sagte er und griff etwas zu fest nach meinen Schultern. Jonas wolle gehen, sagte er, Jonas wolle gehen, abreisen, verschwinden, uns verlassen. Er packte mich am Arm und schob mich durch die Menge in Emma-Lous Schlafzimmer.

Jonas stand vor ihrem Bett und legte Kleider zusammen. Auf dem Boden stand seine Sporttasche, Leonie saß an die Wand gelehnt und heulte. Neben ihr saß der Kunstkritiker und strich ihr hilflos über den Rücken.

Karl herrschte ihn an: »Raus.« Entschuldigend hob er die Hände, Karl schloss hinter ihm die Tür.

»Was ist denn los?«, fragte ich, und Jonas sagte, er packe Emma-Lous Zeug zusammen, sie führen zurück in die Stadt.

»Mit meinem Auto?«, fragte Karl.

Jonas verneinte, Bekannte führen heute Nacht noch, da seien noch zwei Plätze frei. Emma-Lou saß auf dem Bett, müde an die Wand gelehnt.

»Und was wollt ihr da, in der Stadt?«, fragte ich sehr leise, so leise, wie man fragt, wenn man nicht sicher ist, ob man die Antwort hören möchte. Aber nicht Jonas, sondern Emma-Lou antwortete, nur vier Worte: »Ich will nach Hause«, und ich wollte fragen, woher zur Hölle sie so genau wusste, was das war, zu Hause, woher eine verdammte Fünfjährige ihren Platz kannte, der mal meiner gewesen war.

Jonas schloss den Reißverschluss der Reisetasche, drehte sich um und sagte all das Erwartbare.

Erwartbar war, dass wir zu viert »nicht funktionierten«. Erwartbar war, dass er alles satthatte. Erwartbar war der Zorn in seiner Stimme und erwartbar war, wie energisch er Emma-Lous Sandalen in die Tasche stopfte.

Wir seien vier Egoisten, die sich vor lauter Angst aneinanderklammerten, obwohl wir uns eigentlich hassten. Es gebe kein Konzept, und es habe nie eines gegeben, denn Angst-vor-allein-Sein sei kein Konzept, sondern feige. Es gebe keine Gleichberechtigung bei uns, das sei schlimm, es gebe keine Fairness, das sei schlimm, es gebe kein Verantwortungsgefühl, das sei schlimm, aber am schlimmsten, er holte Luft, am schlimmsten sei es, dass es keinerlei Zärtlichkeit gebe.

»Du«, er sah Karl direkt an, »du bist hier, weil sich sonst keiner erbarmt.« Er sah auf Leonie und mich, holte Luft, zuckte dann mit den Schultern: »Bei euch beiden habe ich eigentlich keine Ahnung, warum ihr hier seid.« Ich wollte stopp rufen, stopp, das ist falsch, natürlich gibt es Gründe für uns, aber Karl war schneller und erklärte, dass wir ein Experiment seien, dass wir zusammengehörten, dass tradierte Modelle längst überholt seien, dass wir etwas wagten und dass Situationen wie diese die einzige Gemeinsamkeit mit einer traditionellen Ehe seien. Er habe ein Buch gelesen, in dem stand, dass Krisen Bindungen festigten, und genau das habe man hier doch gerade, eine Krise, bloß eine Krise, bloß eine Krise.

»Aber wir mögen uns nicht einmal besonders!«, rief Jonas, und ich sagte, dass mir das egal sei, andere würde ich noch weniger mögen und was er denn eigentlich erwarte. Jonas sah mich abschätzig an und stieß verächtlich hervor, wenn mir das reiche, solle ich mich weiter kaputtmachen.

Er hob die Tasche hoch. »Diese falsche Bescheidenheit ist ekelhaft. Sie war es immer, nichts daran ist echt, und alles, was du runterschluckst«, er sah mit einem Seitenblick auf Karl, »wortwörtlich runterschluckst, ist kein Zeichen von Größe, sondern von mangelndem Selbstbewusstsein. Keine Ahnung, was da bei dir schiefgelaufen ist, aber seitdem ist deine einzige Stütze offensichtlich dieser Typ, der Bücher über Glück schreibt und sich einen Scheiß darum kümmert, wenn seine Schwachmatenfreundin den Kopf gegen die Wand donnert. Unsere Traurigkeit ist nicht ›noir‹ oder intellektuell, sondern nur traurig.« Er drehte sich kurz zu Leonie um: »Es tut mir leid, es tut mir wirklich leid, das mit der Schwachmatenfreundin nehme ich zurück.«

Sonst wollte er nichts zurücknehmen, sonst wollte er alles so lassen, wie er es gesagt hatte, sollten die Worte doch selbst damit klarkommen, dass sie nun gesagt waren.

Leonie lächelte kurz, in ihren Mundwinkeln sammelte sich Tränen-Wimperntusche-Schmutz. Ich stand stumm da, bis mir einfiel, dass es Jonas war, der da gehen wollte, Jonas, wegen dem ich dem ganzen Viererding überhaupt zugestimmt hatte.

»Aber, wir vier für immer und gegen den Rest der Welt?« Ich sagte es leise, und die dumpfen Bässe von der Party hätten meine Worte wohl unverständlich gemacht, wenn die anderen sie nicht so gut gekannt hätten. Karl biss auf seiner Unterlippe herum. Ich wartete auf eine Rede, einen Rat, meinetwegen eine Zurechtweisung. Aber Karl stand nur herum, und irgendwann zuckte er mit den Schultern: »Na ja, dann sind es eben wir drei.« Das kam natürlich überhaupt nicht in Frage.

Ich sah kurz auf 390 Gramm, die auf dem Boden lag und uns beobachtete. Es war gute zehn Sekunden sehr still. Ich stierte auf die Maserung des Holzbodens. Dunkle Astlöcher. Ich stierte die Wand an, weiß und stumm. Ich sah auf Jonas' Bett, Jonas' Tasche, Jonas' entschiedenen Gesichtsausdruck, und jeder Gegenstand in diesem Zimmer blähte sich auf vor schlechter Symbolik.

Dann stand Leonie langsam auf. Einen Moment stand sie nur da, dann wischte sie sich die Tränen aus den Augen, fixierte Karl und stürzte auf ihn zu. Sie krallte ihre Nägel in sein Gesicht und stieß mit dem Knie in seinen Schritt. Karl heulte auf und versuchte, sie von sich zu stoßen, aber Leonie prügelte weiter auf ihn ein. Lackierte Nägel in einem alternden Gesicht. Fäuste in die Magengegend. Draußen war es dunkel.

Es war immer noch Sommer, als Karl die Hände hob, zu Boden ging und Leonies Schläge dumpf und unkontrolliert auf seinen Brustkorb niederprasselten. Ich ging nicht dazwischen. Ich setzte mich zu Emma-Lou auf das Bett und hielt ihr ratlos die Augen zu, weil man das wohl so macht, wenn Kinder zuschauen, wie die eigene Mutter den Ziehvater niederschlägt. Jonas stand daneben und murmelte nur, wie armselig das sei, wie armselig das sei, wie verdammt armselig das alles sei. Dann ließ Leonie von Karl ab und fing an, zu heulen und zu brüllen, das sei immerhin ihr Kind, das Jonas da mitnehmen wolle, das sei ihr Kind, das nie mit ihr spreche, das sei ihr Kind, das lieber mit dem gestörten Depressiven abhauen wolle, als bei ihr zu bleiben, ob Karl da nicht irgendetwas zu machen gedenke. Ich versuchte, Emma-Lou gleichzeitig die Augen und die Ohren zuzuhalten, das klappte schlecht, ich stach ihr aus Versehen mit dem Finger ins linke Auge, also hielt ich ihr ein Kissen vor das Gesicht, bis Jonas es wegschlug und fragte, ob ich sie ersticken wolle, um endlich wieder die ganze Aufmerksamkeit zu kriegen. Leonie schrie weiter, Karl sei ein Bastard, ein Monster, dem es um nichts als sich selbst gehe.

Dann klopfte es an der Tür, und der Ghostwriter stand im Zimmer. Er sah, wie ich Emma-Lou die Augen zuhielt, er sah, wie Leonie Karl anschrie und Jonas stumm den Kopf schüttelte. Der Ghostwriter hob eine Braue, und ich war mir ziemlich sicher, dass er sich das mit dem Ratgeberbuch über Polyamorie noch einmal überlegen würde, dann schloss er hastig die Tür.

»Stopp, stopp, stopp«, brüllte Karl plötzlich, das sei alles völlig verkehrt, und wir sollten mal kurz an gute Tage denken, solche, die mit dem Gefühl beginnen, dass man am richtigen Ort aufwacht, und die im besten Fall erst enden, wenn wir zu viert von einer beschissenen Party nach Hause gingen.

»Wir haben ein Krise, das ist nur eine Krise«, wiederholte er immer wieder und griff stöhnend nach einem von Emma-Lous Kleidchen, um sich das Blut unter der Nase wegzuwischen. Dann hustete er kurz und stand auf, er schwankte leicht und sagte, dass alles, was wir bräuchten, eine Gemeinsamkeit sei, etwas, das uns zusammenschweißen würde, ein Erlebnis, ein Geheimnis, irgendwas, was eben nur wir hätten, wir müssten nur ein bisschen sozialen Klebstoff schnüffeln, um wieder abhängig voneinander zu werden. Jonas schüttelte den Kopf und setzte sich zu Emma-Lou auf das Bett. Sie krabbelte auf seinen Schoß, er hielt ihren Kopf und wiegte sie sanft.

»Und was soll das sein«, schrie Leonie, was das bitte schön sein solle, ein Kind sei in ihren Augen an sich schon eine ziemlich große Sache, also nicht wortwörtlich, aber metaphorisch, die liebe er doch so, die Metaphern. Karl lief im Zimmer auf und ab, stützte sich immer wieder an den Wänden ab, sagte, er wisse es nicht, etwas, das nur uns gehörte und keinem anderen, dann sah er mich an, mir direkt in die Augen, so wie sonst nur, wenn ich vor ihm kniete, Nora, sagte er, du weißt, was es sein könnte.

Ich wusste es nicht, ich wollte auch diesen Blick nicht, ich wollte doch nur eine Party und leichte Unterhaltung und so etwas Ähnliches wie ein Zuhause, ich wollte mich betrinken und mit Partygästen Smalltalk führen, ich wollte charmant sein, und ich wollte, dass die anderen charmant waren. Ich wollte Gespräche über erste Küsse und Lieblingsserien, ich wollte, dass die Locken mir vorschlügen, ihn zu Karneval mal in Köln zu besuchen, und ich wollte euphorisch zustimmen und mir ein lustiges Kostüm mit ihm überlegen und dabei wissen, dass ich niemals wirklich nach Köln fahren würde, weil ich ja hier meinen Platz hatte. Diese ganze Party war als Konjunktiv gedacht, als ein Abend, an dem man Möglichkeiten sah, nur um dann zu wissen, dass man sie nicht wollte. Dass man sie nicht brauchte.

»Nora«, Karl sah mich immer noch so seltsam an, »du weißt schon. Wie damals.«

Ich sah zurück, mein Kopf rauschte.

»Ein Mord.« Karl lief weiter auf und ab. Jonas schüttelte verächtlich den Kopf.

»Das war kein Mord«, schob ich ein und ärgerte mich sofort über das Hastige in meiner Stimme.

»Natürlich war es das, und es ist in Ordnung, dass wir es damals nicht wissen wollten, aber allein das ist der Grund, warum wir jetzt nicht mit ihr hier sitzen und warum wir sie aus unserem Leben gestrichen haben.« Ich sagte nichts. Karl wusste nicht, dass Maja und ich uns in den letzten zehn Jahren immer wieder gesehen, immer wieder geschrieben hatten. Dieses Geheimnis war es gewesen, das mich über die Zeit gerettet hatte, in der Karl beschloss, dass Leonie jetzt zu uns ziehen würde.

»Wir gehen jetzt«, sagte Jonas.

Nein, sagte Karl, nein, wir könnten das hinkriegen, wir seien schließlich eine Festung, eine etwas bröckelige vielleicht, aber doch in jedem Fall eine Festung, uns sei lediglich ein wenig langweilig geworden, sagte Karl, uns sei die Romantik abhandengekommen, wir müssten mehr Bonnie und Bonnie und Clyde und Clyde werden. Ich fragte mich, ob die ganze Bonnie-und-Clyde-Geschichte wirklich so romantisch verlaufen wäre, wenn sie zu viert gewesen wären. Tiefe Blicke zu viert sind eben doch komplizierter als zu zweit, und komplizierte Blicke wirft man sich nicht zu, bevor man eine Bank ausraubt, das muss zackig gehen.

»Es geht hier nicht um Langweile«, sagte Jonas matt.

Es müsste ein Mordopfer sein, fuhr Karl fort, zu dem man eine Bindung hätte, aber das ließe sich ja sicher schnell einrichten. Er strich sich das Blut aus dem Gesicht, vage Erinnerungen flackerten durch den Raum, erhellten ihn kurz.

»Diese Vegantussi«, er stieß Jonas an, »mit der könntest du doch schlafen. Dann wären die beiden Schönen hier eifersüchtig, du würdest auf Knien um Verzeihung bitten, und ich würde Rache schwören. Schon haben wir ein Motiv. Gemeinsame Rache! Das ist sexy! Das ist Broadway!«

Jonas sah ihn an und schüttelte sehr langsam den Kopf.

»Oder«, Karl drehte sich zu Leonie, »das Kritikerarschloch. Den können wir sicher zu noch ein paar rassistischen Sprüchen verleiten. Das trifft dich doch, Leo! So etwas trifft dich doch! Wie hat er dich vorhin genannt? Schokoprinzessin? Ist doch scheiße, oder? Was glaubt der eigentlich?«

Er sah in die Runde. Zwei Mücken summten um die Deckenlampe. Dabei war es nie der Mond. Leonie zeigte Karl den Mittelfinger.

Rassismus sei super, beharrte er, eine Sache, die außer Kontrolle gerät, ein politischer Mord quasi, vielleicht mit einem Messer, oder wir ertränken ihn im Meer, er sah sich panisch um: »Kommt schon, niemand braucht Kritiker.«

Ich stimmte nicht exakt überein, ohne Kritiker wüsste ich gar nicht, was ich denken sollte, Zeitungen und Blogs gaben mir Meinungen vor, die ich vorbehaltlos annahm und als meine adoptierte. Es hatten eh schon genug Leute eine eigene Meinung, es würde nur komplizierter, wenn ich mich auch noch darum bemühte. Aber es ging hier wahrscheinlich nicht um die freie Meinungsbildung in diesem unserem Land und dieser unserer Zeit, und so wartete ich ab, das konnte ich gut, das hatte ich gelernt. Schuster sollen bei ihren Leisten bleiben, so gehörte es sich, auch, wenn der Schuster etwas ganz anderes machen wollte, vielleicht Fahrräder reparieren oder Sinfonien komponieren, trotzdem blieb er bei seinen Leisten, und das war wichtig, denn das war immerhin geregelt, und deshalb wollte ich gerne bei meinen Leisten bleiben. Dabei wusste ich gar nicht genau, was das sein sollte, meine Leisten, aber vielleicht zählte es schon, ab und zu beiläufig zu nicken, tagelang Netflix zu schauen oder eine Schildkröte mit sich herumzutragen. Vielleicht waren das einfach meine Leisten. Andere können ja andere Leisten haben, Hochleistungssport kann eine Leiste sein oder Meinungsbildung in großen Zeitungen, meine Leisten waren Abwarten, waren Nicken, waren Prokrastination und Müdigkeit. Die Müdigkeit war in Ordnung. Müdigkeit ist im besten Fall ein Versprechen auf Schlaf, und hier herrschte eine aggressive Wachheit.

»Dieser Lockentyp«, Karl hörte nicht auf, dieser Lockentyp habe sich doch vorher an mich rangemacht. Wenn Jonas und er sich nur genug reinsteigerten in die

Eifersucht, könne das sicherlich reichen, vielleicht mit Kokain oder irgendwas, was noch aggressiver macht. Er sah Leonie an. »Dafür gibt es doch sicher irgendwas Homöopathisches? Irgendwas, was aggressiv macht?«

Leonie kniff die Augen zusammen.

Jonas murmelte: »Und am Ende stirbt einer. Klar. Wir sind doch kein verdammter Poproman.«

Karl sah uns an, jeden Einzelnen, ich bemerkte zum ersten Mal die dunklen Ringe unter seinen Augen, ich sah zum ersten Mal, dass der Haaransatz über die Jahre weiter nach oben gekrochen war. Man könne doch, sagte er leise, das Ganze strategisch angehen, wir bräuchten nur einen Plan. Aber ich wusste, dass wir beide nie diejenigen mit den Plänen gewesen waren. Karl war nichts weiter als der große Bruder, der irgendwann die Rolle der Mutter angenommen hatte, nachdem diese nicht mehr in der Lage war, sich um uns zu kümmern. Maja war es, die den Plan hatte, immer gehabt hatte, bis das Graue kam und sie verschluckte und nichts hinterließ als die aussichtslose Notwendigkeit, sie irgendwie zu ersetzen.

Das Graue zerrte Maja von uns und spülte sie langsam, innerhalb von Wochen und Monaten, fort, als sei sie nie da gewesen. Sie sagte es eines Morgens, als ich vor ihrer Tür stand, um die Party unter der Autobahnbrücke zu planen. Es regnete diesen luftigen Vorstadtregen, einen Sprühregen, der so leicht war, dass er bei jedem Windstoß unentschlossen nach oben stob.

Trübes Nachmittagslicht, ich mochte das, der Regen in der Vorstadt benahm sich genauso lustlos wie seine Bewohner. Ich klingelte an Majas Tür, dreimal klingelte ich, bevor sie öffnete und vor mir stand.

»Ich kann heute nicht«, sagte sie. Das war albern, denn heute sollte die größte unserer Partys stattfinden.

»Du musst aber, komm, Thomas wartet auf die Bestellung.«

»Ich kann nicht«, sagte sie noch einmal, sehr nachdrücklich sagte sie es. Ich sah an ihr vorbei in den Hausflur. Nach einer Weile holte sie noch mal tief Luft, als wäre das Sprechen plötzlich wahnsinnig anstrengend.

»Als ob alles grau wäre«, sagte sie widerwillig, der Satz war ihr sichtlich unangenehm, und ich wartete darauf, dass sie noch etwas Lustiges sagen, eine Pointe hinterherschieben würde, und ihr Lachen von hier bis an die Küste rollt und über den Rand fällt. Ich wollte, dass sie die Augen verdrehte und »Mann, Nora« sagte, weil sie wieder einen leeren Flecken in meinem Gehirn gefunden hatte, aber Maja sagte gar nichts, nur: »Ich kann es nicht besser beschreiben. Als ob alles grau wäre.«

Wir hatten einige Tage zuvor eine Party organisiert, in der Scheune, und Thomas wartete dringend auf Majas Bestellung bei Herbert. Mittlerweile zahlten wir ihm jede Lieferung schon im Voraus, an seinem Geburtstag hatten wir sogar einen Strauß Tulpen und drei Packungen Pombären vor die Tür seiner hässlichen Mietswohnung gelegt. Ich stand in Majas Türrahmen und zuppelte an den Bändchen meines neuen Pullis herum, ein schwarzer Kapuzenpullover, Fruit Of The Loom, finanziert von der letzten Party, das Schwarz war ganz schwarz und kein bisschen grau, genau so, wie Pullis sein müssen, wenn man sie neu kauft. Später dürfen Pullis grau werden. Pullis. Nicht Maja.

Ob wir Sangria bräuchten und wie viel, fragte ich sie, und ob wir den Eintritt hochstocken sollten, weil mittlerweile auch die aus der zehnten und elften zu unseren Partys kamen. Ich war extra zu ihr gefahren, mit dem Fahrrad, ans Telefon ging sie seit zwei Tagen nicht mehr.

Maja stand in einem großen Männershirt im Türrahmen. »My family went to New York and all I got was this lousy t-shirt«, stand darauf. Dabei war ich mir ganz sicher, dass Majas Mutter noch nie in New York gewesen war, nach New York, wusste ich, ging man, wenn man jung und schön war oder alt und Frank Sinatra. Mütter aus der Vorstadt gingen nicht nach New York, die gingen zum Kaufland. Das wussten wir. Das wussten wir sogar in der Vorstadt.

»Woher hast du das T-Shirt?«, fragte ich Maja.

Sie stand weiter im Türrahmen und sagte nichts.

»In New York regnet es immer«, sagte ich also, und weil Maja nur den Blick über den Mais schweifen ließ, redete ich weiter, »man trägt hohe schöne Schuhe mit roten Sohlen, und es ist immer Nacht und immer regnet es, und die Straßen werden beleuchtet von alten Straßenlaternen und glitzern wie irre von dem ganzen Regen. Wir können nach New York fliegen, nächsten Sommer, bis dahin haben wir sicher genug Geld.«

Maja ließ die Schultern sinken, als wären ihre Klamotten schon jetzt ganz schwer von all dem Regen in New York, und sagte nichts. Also redete ich weiter, ich rechnete ihr vor, wie viel Geld man in New York zum Überleben brauchen würde und dass wir die Flugtickets schon mit zwei Partys drinhätten und dass in New York die Häuser so hoch seien, dass man ganz leicht verschwinden könne, aber die Straßen so organisiert, dass man sich schnell wiederfinden würde. Ich sagte, dass wir Stripper werden könnten oder Straßenmusiker oder Künstler, und als Maja immer noch nichts sagte, erzählte ich von einer großen Frauenrechtsbewegung in New York, die ständig protestierte und die Welt schöner machen wollte, dabei hatte ich noch nie von einer New Yorker Frauenrechtsbewegung gehört.

Weil Maja immer noch dastand und weil ihr T-Shirt sich vorstadtregennass immer noch nach New York sehnte und weil ich nicht wusste, was man sonst machen sollte, schob ich sie ins Wohnzimmer. Das ging ganz leicht, obwohl ihre Haare und ihre Brüste immer so schwer gewirkt hatten. Sie setzte sich auf die Couch, und ich erzählte ihr von der Frauenrechtsbewegung, davon, dass auch Männer mitmachten und kleine Kinder, und dass man in New York längst eingesehen hatte, dass die Welt nicht gut genug war. Ich erzählte, bis mir nichts mehr einfiel, bis zu dem Zeitpunkt, an dem Maja spätestens etwas hätte sagen müssen, aber Maja blieb dabei, dass es grau war. Ich dachte, dass Thomas und Karl sicher schon ungeduldig warteten, die Party fand heute Abend statt, und wir hatten lediglich noch zwei angebrochene Flaschen Ouzo, und in der einen schwammen bereits Zigarettenstummel. Uns blieben also genau drei Stunden, bis dahin brauchten wir den Sangria, gerade heute war es wichtig, wegen der Zehnt- und Elftklässler. Mit der letzten Party hatten wir 250 Euro verdient, diese hier würde größer werden und der Eintritt teurer, deshalb musste das Graue jetzt ganz schnell verschwinden.

»Okay«, sagte ich, »dann muss es weg, das Graue. Wie geht es weg?«

Maja zuckte die Schultern. Ihre Haare hingen strähnig über die Stirn. Ich sagte, sie solle unter die Dusche springen und dann mitkommen, und Maja sagte, sie dusche nicht mehr, und als ich fragte, warum, sagte sie, weil Duschen auch nichts gegen das Graue ausrichte.

»Tut dir was weh?«, fragte ich.

»Nein. Also nein, nicht so richtig. Aber irgendwie schon«, sagte Maja und umschlang ihren Oberkörper. Sie wippte leicht von vorne nach hinten, und ich wurde wütend.

Wütend, weil sie Schmerzen hatte, und dann wurde ich wütend, weil ich wütend auf Maja war und das passierte sonst nie. Ich sagte ihr, dass wir die Party jetzt eben allein organisieren würden, wir sie dann aber auch nicht finanziell beteiligten, und dass das Graue vielleicht ihr schlechtes Gewissen sei, weil sie ihre besten Freunde hängenließ.

Maja antwortete nicht und rollte sich auf der Couch zusammen. Zum Abschied sagte ich wütend: »Wir vier für immer…«, und Maja sagte nicht: »…und gegen alle«, auch nach drei, vier klebrigen Minuten nicht. Als ich ging, warf ich die Tür hinter mir fest ins Schloss. Es dämmerte bereits, der Mais wiegte sich hämisch. Wir hatten keine Bestellung aufgegeben, und so konnte Maja sich das abschminken mit New York.

Ich radelte wütend zurück nach Hause, ich dachte an Karl und wie ich ihn überzeugt hatte, dass Maja es nicht war, nie gewesen sein konnte. Tagelang hatte ich mit Engelszungen auf ihn eingeredet, bis ich ihn schlussendlich vor die Wahl gestellt hatte. Wir lernten gerade für die Englischprüfung, er fragte, warum in Englisch diese ganzen verdammten Verben unregelmäßig seien und wozu dann überhaupt eine Regel, und ich sagte: »Maja schubst niemanden von der Brücke.«

Er starrte mich an, sekundenlang, bis seine Augen flackerten, und dann sagte er: »Okay. Wenn du das sagst. Wenn du das sagst, schubst Maja niemanden von einer Brücke.«

Jonas zog Emma-Lou ihr Jäckchen über. Sie streckte ihm die Arme entgegen, er hob sie mit dem einen hoch und griff mit dem anderen nach der Tasche. »Na, dann los«, sagte er und sah Leonie auffordernd an.

Karl schritt zwischen die beiden, nein, sagte er, nein, nein, natürlich nicht, was das denn jetzt solle, Jonas solle sich noch mal hinsetzen und sich überlegen, was er da gerade tue, und dass Leonie hierbleibe, sei ja wohl klar.

Leonie sah Jonas an, ihre Augen weiteten sich erstaunt: »Ich soll mit?«, fragte sie. Von draußen hörte man Lacher.

Mir war es völlig gleichgültig. Ich hatte an uns geglaubt, weil die Alternative war, nicht an uns zu glauben. Ich glaube so lange an Dinge, bis mir das Gegenteil bewiesen wird. Alles, was jetzt kommen würde, kannte ich schon, den Trennungsschmerz, von dem ich wusste, dass er verging, die Eifersucht, von der ich wusste, dass sie böse war, ich konnte jeden Millimeter des Schmerzes erklären. Es würde wochenlang weh tun. Jeder schlechte Popsong würde klingen, als sei er für mich geschrieben. Die ersten Tage würde ich mich wie taub fühlen, und immer, wenn der Verlustschmerz doch mal jaulend durch diese Taubheit stoßen sollte, würde ich mich krümmen und denken, ich müsste mich übergeben. Ich würde Jonas idealisieren und zum Teufel wünschen, ich würde die letzten Wochen und Chatverläufe analysieren. Ich wusste, wie Trennungen funktionierten. Diese Klarheit machte jedes meiner Gefühle klein, aber darauf war ich immer stolz gewesen, dass ich meine Gefühle zurückstecken konnte, dass ich ihnen nicht blindlings folgte. Zu jedem Trennungsschmerz kam die Erkenntnis hinzu, wie völlig normal das alles war, wie völlig gewöhnlich dieses Gefühl, sich übergeben zu müssen, wie völlig normal der Appetitverlust. Ich wusste, dass ich in einigen Wochen anfangen würde, exzessiv auszugehen und betont ausgelassen zu feiern, ich wusste von betrunkenen SMS, die ich tippen, ich wusste von den zwei, drei Malen, an denen ich Jonas wiedersehen würde, um noch mal zu reden, ich wusste von den zwei, drei Malen, bei denen das natürlich zu nichts führen würde außer zu hilfloser Traurigkeit.

Das sind die Zehnerjahre, das ist serielle Monogamie, für all das gibt es Namen, jeder Schmerz, den wir empfinden, ist so ekelhaft normal, dass Zeitschriften »für junge Leute« sich nicht scheuten, uns Monat für Monat in Fotostrecken zu erklären, dass das eben »dazugehöre« zu diesem »Erwachsenwerden«.

Das war es, was wirklich weh tat, nicht die Trennung an sich, sondern das Bewusstsein davon, wie normal, wie redundant, wie klein das alles war und wie vorhersehbar. Mit jeder Trennung verliert die Realität das Stück Illusion, das sie erträglich gemacht hat. Mir ist jetzt richtig übel.

Das Zimmer kam mir schlagartig zu klein vor. Ich wollte nichts mehr hören von Karls Versuchen, seine Verlustangst zu etwas Höherem zu stilisieren, nichts von den Diskussionen um Leonie oder Emma-Lou, nicht Jonas' betontes Vernünftigsein, all das wollte ich nicht, auf keinen Fall. Ich versuchte, in mich hineinzuhören, aber weil ich jedes Gefühl schon beim ersten Aufkeimen reflektierte, fiel es mir schwer, das Durcheinander von Wut, Angst und Verwirrung auseinanderzuknoten.

Karl sah mich wütend an, forderte mich auf, auch mal was zu sagen. Es war mir nicht möglich, das Wirre in Worte zu fassen, denn natürlich gab es die Sehnsucht nach Versöhnung, die Sehnsucht nach einem Wutanfall, aber in dem Moment, in dem ich dem einen Gefühl folgen wollte, schaltete sich schon etwas anderes ein, drehte und wendete das Gefühl, hinterfragte die Konsequenzen und die Motive des ersteren und machte es mir unmöglich, mich zu entscheiden. Klare Entscheidungen sind kaum mehr möglich, die Willkür gewinnt fast immer und nennt sich später, wenn man deshalb in Bewegungslosigkeit und Teilnahmslosigkeit erstarrt, hämisch »das Graue«.

»Aber ihr seid meine Freunde«, sagte ich, als könne das noch irgendetwas kitten, als wäre das eine Notbremse.

Jonas drehte sich wütend um: »Freunde würden dich wahrscheinlich darauf hinweisen, dass deine Schildkröte seit Tagen tot ist.«

Ich sah auf 390 Gramm am Boden vor mir und hob sie hoch. Sie versteckte den Kopf unter dem Panzer. Ich tippte gegen ihre schroffen Beinchen, 390 Gramm reagierte nicht. Ich schüttelte sie, versuchte den Kopf unter dem Panzer hervorzupulen, und endlich übernahm irgendetwas in mir das Ruder. Ich stand auf, griff nach Karls Autoschlüsseln und schlug die Tür hinter mir zu.

Im Haus war die Party noch im Gange. Einheimische hatten sich unter unsere Bekannten gemischt, ich erkannte die Frau aus der Bäckerei. Sie unterhielt sich mit der veganen Radiomoderatorin, die laut lachte und keinen Schimmer hatte, dass Karl sie kurz zuvor als potentielles Opfer unseres zweifelhaften Kultes erwählt hatte. Ich kämpfte mich durch die Menge in die Küche, suchte noch einmal nach dem Vogelbrettchen, um etwas wacher zu werden, dann griff ich nach einer der Jacken auf dem Haufen im Flur und verließ das Haus.

Der Ford stöhnte kurz auf, ich wendete und fuhr aus der Einfahrt. Der Kies protestierte knirschend. Ich manövrierte den Wagen an den parkenden Autos der Gäste vorbei. Hinter dem beleuchteten Fenster sah ich die Schatten von Leonie, Karl und Jonas. Einer der Schatten gestikulierte wild. Ich wusste, dass es Karl war. Ich wusste es, ich wusste sogar, was er sagen würde, stellte mir vor, wie Worthülsen ohne Knalleffekt auf das helle Laminat fielen. Das würde jetzt noch ein paar Minuten so gehen, schlussendlich würde Leonie mit Jonas und Emma-Lou das Haus verlassen als das, was sie waren: eine Familie. Eine ganz normale kaputte Familie mit einem ganz normal kaputten leiblichen Kind. Sie würden nach Hause fahren, mit irgendwelchen anderen normalen kaputten Menschen, die wir eingeladen hatten. Sie würden wenig sagen auf der Fahrt, und Emma-Lou würde schnell einschlafen, weil sich das eben so gehörte, Kinder schlafen bei Autofahrten ein. Die ersten Tage würden schwierig werden, dann würden sie sich arrangieren, irgendwie. Vielleicht blieb Emma-Lou eine Woche bei ihm, dann eine bei ihr. Vielleicht zogen sie zusammen. Vielleicht würden sie ein gemeinsames Kinderkonto einrichten. Ab und zu würden sie sich streiten, dann würde Jonas sagen, dass Leonie nicht so verdammt blauäugig sein solle, und sie würde antworten, dass sie aber braune Augen habe, und er würde seine Augen schließen, wie immer, wenn er kurz davor war, die Kontrolle zu verlieren. Ich fuhr auf die Landstraße, die Morgensonne versuchte, sich hinter Wolkenbergen bemerkbar zu machen.

Auf der Autobahn hoffte ich, in keinen Stau zu geraten, und auf Besserung im Allgemeinen. Es war immer noch zu früh, um voll zu sein, selbst Richtung Stadt. Der Arbeitsverkehr hatte noch nicht begonnen. Ich dachte an die Dinge, um die ich mir jetzt wieder Sorgen machen würde. Geld verdienen, Nächte überstehen und nicht an dem Gedanken verzweifeln, dass es lange brauchen würde, bis wieder etwas in mein Leben treten würde, das die Trauer überschatten würde. Ich ließ das Fenster herunter, griff nach 390 Gramm neben mir und schleuderte sie, so fest ich konnte, bis über die Leitplanke. Die erste Stunde während der Fahrt versuchte ich zu weinen. Es schien mir angemessen, aber dann fand ich den Gedanken daran, dass ich weinen wollte, weil es angemessen war, so lächerlich, dass es nicht klappte.

Ein paarmal nur war es uns gelungen, einander aus der Reflexion zu reißen. Jonas und Leonie konnten das Grübeln jetzt sein lassen, sie hatten eine Entscheidung getroffen. Wahrscheinlich bekam man deswegen Kinder, weil sie wirkliche Dinge tun und brauchen. Sie schreien, sie haben Hunger, sie sind abhängig und in all dem so klar, dass viel weniger Zeit bleibt, sich selbst auf Autobahnen zu bemitleiden. Ich setzte den Blinker und fuhr auf einen Autohof. Neben einem Lkw, auf dem groß »Wir bringen's« geschrieben war, parkte ich den Wagen.

In der Raststätte war es noch sehr ruhig, die Büfetts waren leer, würden erst später übervölkert werden von welken Salaten und Gammelfleisch. Ich kaufte ein Croissant und einen Kaffee. Die Bedienung sah mich kurz an, während sie den Schein durch das Prüfgerät gleiten ließ und dieses ihn zweimal störrisch wieder ausspuckte. Ich nahm den Becher entgegen. Er war heiß, lediglich ein Pappstreifen verhinderte, dass ich mir die Finger verbrannte.

Je detaillierter ich all das aufschreibe, desto größer scheint die Möglichkeit, dieses Leben doch noch irgendwie zu einem spannenden zu machen, jeder Satz eröffnet die Möglichkeit, dass ich mit dem Kassenmädchen durchbrenne, zurück zu Jonas fahre, nach Australien verschwinde. All diese Möglichkeiten gäbe es, wäre dieses Leben nicht meines. Denn eigene Leben sind störrisch, sie sind langweilig, die Tage vergehen, und nur ab und zu stößt man sich den Zeh an oder wird zu einem Studium zugelassen, oder der Hund stirbt. Dann erscheint alles plötzlich klarer und es erscheint noch klarer, wenn man darüber schreibt.

Ich starrte auf den Kaffee. Irgendjemand ist Millionär geworden, weil er diesen Pappstreifen erfunden hat, der um den Becher geht und die Finger vor der Hitze schützt. So etwas passiert. Dass es im eigenen Leben passiert, ist unwahrscheinlich, und selbst wenn, man würde wohl auch als sehr reicher Pappstreifenmillionär ratlos an einem Autohof sitzen. Das Restaurant ist bis auf mich völlig leer. Die Verkäuferin schlägt eine Rolle Münzen auf und sortiert sie in die Kasse. Sie stört sich bis jetzt nicht daran, dass ich seit Stunden hiersitze und notiere. Ich weiß nicht, wohin sonst, und solange ich schreibe, ist gestern nicht vorbei. Ich versuche kurz, mir meine Situation vor Augen zu führen, alleine, unterwegs mit einem Auto, das nicht mir gehört. Ich möchte mich in den Fatalismus stürzen, von da aus in irgendeine Richtung fallen, der Kaffee ist brühend heiß.

Ich denke an Maja, weil ich bei allem Schlimmen immer an Maja denke. Die Brücke. Benedikt. Die Panik. Ein Sommertag. Ich frage die Kassiererin nach dem Datum. Sie gähnt mir ein »Zwanzigster, glaub ich« entgegen. Ich beiße von dem Croissant ab. Zwanzigster. Krümel fallen auf den Plastiktisch. Irgendjemand wird sie wegwischen. Irgendjemand wird für neuen Dreck sorgen. Darum muss ich mich nicht kümmern. Ich kann noch so lange notieren. Ich kann künftige Tage notieren. Ich werde mich irgendwann vernünftiger verlieben. Wieso wird mir so schlecht von diesem Kaffee. Ich werde mich noch ein wenig in die Trauer hineinsteigern und das Autoradio etwas lauter stellen als sonst. Ich werde natürlich nicht mit dem Ford immer weiterfahren und in Süditalien ein neues Leben mit einem Olivenbauern beginnen. Die Brücke blitzt ständig auf, vielleicht ist es auch das Kokain, vielleicht die Müdigkeit, ich notiere seit Stunden, die Hand schmerzt schon. Die Brücke ist breit genug, vielleicht brauche ich einfach noch einen Kaffee, man kann darauf locker stehen, oder ich sollte eine rauchen, wer fällt, tut das mit Absicht, erst mal sitzen bleiben, aber manchmal ist es die Absicht von jemand anderem, ich sollte Karl anrufen, ich sollte mich abholen lassen. Da oben steht jemand, dabei war ich damals, bei Benedikts Unfall, gar nicht dabei, aber da sind ganz deutlich menschliche Umrisse, schwankende, stürzende, goldene. Ich kann ja niemanden anrufen, das Telefon ist kaputt. Ich schaue auf die Tischplatte, suche nach Rissen, auf die ich mich konzentrieren kann, aber stattdessen flammt nur Panik auf, ich bekomme keine Luft, feuert meinen Puls an, bestimmt merkt die Kassiererin was, verabschiedet sich, als sei ihre Aufgabe erfüllt, mit einem Feuerwerk an Bildern, die sich überlagern, überschatten, das letzte Mal im Vorort, ein Besuch bei den Eltern, wann war das, vor einem Monat vielleicht, schwarzer Tee und Kuchen und Schweigen, Nachschlag?, ich nicke, ein Spaziergang mit Maja, den alten Schulweg entlang, dazwischen mein Therapeut, der triumphierend von einem Urlaubsfoto lächelt, siehste, einfach notieren, meine Mutter, die mich von irgendwo abholt und besorgter schweigt als sonst, sie legt mir eine Decke um, grelles Krankenhauslicht, reicht mir ein Glas Wasser, immer das Glas Wasser. »Weißt du noch, damals«, das war nur ein Unfall, schau, wie breit das ist, mir ist übel, wer da runterfällt, tut es mit Absicht, Maja, die da oben steht und ruft, ich solle dann bitte Schwarz tragen, das gehöre sich so, Maja, die sich aufrichtet, gerade steht, die Haltung ist wichtig, die Kassiererin sieht mich so seltsam an, vielleicht war mein Schein wirklich gefälscht, so was kann passieren, wieso ist die Luft hier so schlecht, Maja, eine menschliche Mittelachse zwischen zwei Brückenpfeilern, die ruft, ich solle dafür sorgen, dass auf ihrer Beerdigung um Gottes willen kein *Stairway to Heaven* gespielt würde, ich am Ufer, rufe zurück, das sei albern, das sei nicht lustig, sie solle runterkommen, und Maja rief zurück, ruft zurück, dass es niemals ein Witz war, niemals. Goldenes Haar, meine Hand zittert so. Maja, die noch einmal lachte, lacht, für immer, zornig, gegen den Himmel, gegen das sommertrockene Flussbett, über mich, über alle, die sich ans Leben klammern, Maja,

Mein Dank gilt Carolin für die Geschichten und Tilman für den ganzen Rest.

MIX
Papier aus verantwortungsvollen Quellen
FSC® C083411

ISBN 978-3-351-03632-4

Aufbau ist eine Marke der
Aufbau Verlag GmbH & Co. KG

1. Auflage 2016

Einbandgestaltung ZERO Werbeagentur, München
Gesetzt aus der DTL Documenta bei Greiner & Reichel, Köln
Druck und Binden CPI books GmbH, Leck, Germany
Printed in Germany

www.aufbau-verlag.de